ハヤカワ文庫JA
〈JA1324〉

再就職先は宇宙海賊

鷹見一幸

早川書房
8157

本書は、書き下ろし作品です。

目次

再就職先は宇宙海賊

序章

それは、人類に与えられた贈り物だった。

月面を周回した探査衛星によって、月の地下に長さ十数キロに及ぶ空洞が存在することが判明したのは、二十一世紀初頭のことだった。そして、それから十年後、月に送りこまれた国連主導による共同探査隊は、その地下の空洞で驚くべきものを発見した。それは、異星人の遺留物である。

正体不明の機械部品や、建材らしきもの、そして衣類、日用品と思われる雑多な品物が詰まったコンテナが、月の地下空洞の中に、十数キロにわたって山のように堆積していたのだ。

この発見は、地球人に大きな衝撃を与えた。

のちに〝ルナ・ショック〟と呼ばれることになる地球人と異星文明とのファーストコン

タクトは、異星人そのものではなく、彼らが月に残していった遺留物との接触から始まった。

〝恒星間航行を可能にする技術を持った異星人が存在した〟という事実に、地球上に存在する現在の〝国家〟という枠では対処しきれないことは、誰の目にも明らかだった。人類は否応なしに、〝地球人〟という視点を受け入れざるを得なかった。

だが、さまざまな利害の絡んだ大国同士はもとより、中小の国家も、国内に民族や宗教によるいくつもの軋轢《あつれき》を抱えている国家は多く、国連の主導による地球連邦政府の樹立は、総論賛成、各論反対のまま進展せず、困難をきわめた。

一方、月の地下で発見された異星人の遺留物の解析は、国家間のゴタゴタとは正反対に、順調に進んでいた。

それは、遺留物の中にあった、異星人の文字と絵で書かれたマニュアル文書の解読が進んだためだった。異星人も地球と同様に、記録や情報などのデータは、圧縮して、なんらかの媒体に記録していたらしいが、すべてのエネルギーを失い、媒体を読み出せないような緊急時のために、基礎的な情報を薄いフィルムのような形状の物質に記した物が残されていたのだ。

文字と言語の解析から、これらの品物を遺留した異星人が太陽系に来たのは、今からおよそ一万年から八千年ほど前、地球では古代文明の萌芽《ほうが》が見られていたころであることが判明した。彼らは地球人とよく似た外見を持つ種族で、当時、銀河系内に〝帝国〟と呼ばれる強大な国家を維持していたが、爬虫類から進化した知的生物である〝竜族〟と呼ばれる種族が構成する恒星間国家と、銀河系内の領土的覇権《はけん》を争っていたことから、太陽系を領土として認めさせるために、月に部隊を駐屯《ちゅうとん》させていたのだ。

当初、月の地下空間で発見された膨大な遺留物は、戦闘に備えて集積された物資と思われていたが、マニュアルの解析の結果、これらの遺留物のほとんどは、不要になって捨てられたゴミであることが判明した。

異星人にとっては不要物、ゴミであっても、地球人にとって、それは宝の山、いや宝の山脈とも呼べるものだった。

数万世帯ぶんの消費電力を短時間に充放電できる雑誌サイズのバッテリー。重力制御を行なえる装置。慣性を中立化する装置。そして亜光速で航行できる小型の推進機。そういった、夢のようなテクノロジーを持った品が、十数キロに連なる山脈のような量で手に入ったのである。

原理はわからないし、再生産することも、メンテナンスすることも不可能だが、その使いかたは、解析したマニュアルで知ることができる。この膨大な品物は、まさしく〝帝国の遺産〟以外のなにものでもなかった。

月に送られた各国の合同探査隊を構成する科学者たちは、この異星人のスーパーテクノロジーは、地球上の政治や権力という概念と切り離すべきだ、という結論に達した。彼らは、地球人の生活環境やインフラを劇的に変化させるであろう、これらの品物のリストと解析結果を、本国の圧力を無視して、ネットを通じて全世界に完全公開した。

このニュースが伝えられるのと同時に、世界じゅうの株式市場はパニックに陥った。その情報は、石油、石炭、電気といった、長きにわたって人類の生活を支えてきた重要なインフラが、根本的に置き換えられる可能性を示唆したものだったからだ。

確かに、今までにもさまざまな画期的な発明や発見はあった。だが、それらの先進技術が実用化され、大量生産され、既存の技術と入れ替わるのには時間が必要だった。しかし、今回の発見は、その実用化と大量生産という二つのハードルを最初から飛び越えてしまっていた。実用品はもうそこにあり、使おうと思えば誰でも明日から、高性能バッテリーや重力制御装置、慣性制御装置が使える、という事実の前に、市場経済は大混乱となった。

〝ルナ・ショック〟という言葉は、本来は異星人の存在が明らかになったことと、それによる価値観のパラダイムシフトを示すが、それに端を発したこの経済の混乱と破綻を示す用語として使われることのほうが多いのは、この混乱がその後に続く統合戦争の引き金を引いたためでもある。

国連を主導とする地球連邦設立の動きに対し、石油メジャーを筆頭とする旧来の既得権益を持つ勢力が加えていたさまざまな妨害は、ついに武力闘争に発展した。産軍共同体の経済力と影響力で旧国家の軍隊のほとんどを掌握していた反地球連邦軍は、当初、圧倒的な力を持っていたが、その優位は、わずか数ヵ月で逆転した。

暫定地球連邦政府は、異星人の遺留物である小型推進機と慣性制御装置をかね備えた小型推進機を据え付けた潜水艦を改造した宇宙船によって、月面と地球をわずか四十八時間で結び、月の地下で発見されたさまざまな〝帝国の遺産〟をピストン輸送で地球に送ったのだ。

暫定地球連邦政府はそれを軍事用には用いなかった。彼らは、今までは不可能だと思われていたさまざまなことを、マスコミを含むすべての人々の前でデモンストレーションして見せただけだった。

だが、その結果は劇的ですらあった。実際に作動する遺留物を目の当たりにした人々は、この品物によって、地球上に存在するさまざまな問題が解決することを確信した。まさに〝論より証拠〟である。

現実に憂《うれ》えていた人々にとって、遺留物と、そして〝より良い未来に向かって〟をスローガンに掲げる地球連邦は、救世主にも等しかった。人々の圧倒的支持を得た暫定地球連邦政府を見て、旧来の既得権益を守ろうと動いてた企業の中から〝バスに乗り遅れるな〟という声が上がり始め、地球連邦に反旗を翻《ひるがえ》していた武装勢力から手を引く企業が相次いだ。

経済的支援を失った武装勢力は、兵士の士気を維持できず、急激に衰退し、一年を経たずして、宗教的熱狂を抱くほんのひと握りの構成員を残し、完全に消滅した。

地球連邦は、旧来の価値観と別れを告げる意味をこめて西暦をリセットし、統合戦争が終結した次の新年に、〝宇宙世紀〟と呼ばれる新世紀を宣言した。人類の〝より良い未来〟は、この日から始まった。

1　見捨てられた男

『#$&、@：＊＋＜〜！』

ヒロユキが、行きつけのコンビニのドアを開けるのと同時に、ゴニョゴニョと、何人もが同時に言葉を発しているような、わけのわからない言葉が店内に響き渡った。

——あ、いけね。ＡＩホンのスイッチを入れてなかった。

右耳の後ろに下がっているスイッチを入れるのと同時に、ゴニョゴニョという言葉の末尾が「ませー」という日本語に聞き取れた。きっと「いらっしゃいませ」と言ったのだろう。

ヒロユキが店に入ったときに流れた、このゴニョゴニョという不明瞭な言葉は、店舗や公共機関などの不特定多数の人がいる場所で、インフォメーションを行なうときなどに使われる〝共通多重言語〟と呼ばれるものだ。耳の中に入れているＡＩホンが、英語にセットされていれば「Welcome!《ウエルカム》」、中国語なら、「歓迎光臨《ホワンインクワンリン》!」と聞こえたはずだ。

高度に発達した異星人の遺留物の発見による〝ルナ・ショック〟に誘発され、地球統一国家である地球連邦が成立して二十年が過ぎたが、地球連邦はいまだに統一言語を創り出していない。

地球上の国境は消滅したように見えるが、それぞれの旧国家の持つ言語などの文化と道徳的な価値観は〝自治法〟と呼ばれる法律で保護され存在したままだ。〝共通多重言語〟とは、地球連邦が創り出した便宜的な共通語であり、さまざまな国家の言語を同時に音声化したもので、耳に入れたAIホンと呼ばれるデバイスが、その入り混じった音声にフィルターをかけて、母国語だけを聞き取れる言語にして耳に伝えてくるのだ。この言語は人間には発声不可能であり、一対一のコミュニケーションには使用できないが、同じ内容を異なる言語で何度も繰り返したり、各国の文字を字幕として画面に映し出すよりも合理的であるため、公共の場所におけるインフォメーションやニュース映像、映像ソフトなどで使われていた。だが、最近はAI技術の発展に伴い、個人の話す言葉をリアルタイムで共通言語である電子音にエンコードして、それを聞き取る側で母国語にデコードする、〝R2D2システム〟と呼ばれる翻訳デバイスが開発されており、まだ専門的な単語や同音異義語などの変換ミスが生じることもあるが、日常的なコミュニケーションを行なえるレベルにあるため、少しずつこれに切り替わりつつある。

ヒロユキは、コンビニの店内を見まわした。相変わらず品薄で、空いている棚が目立つ。というよりも、棚の隙間のほうが多い。壁に貼られている、〈みなさまに健康と繁栄を提供するコンビニエンス――バルカンストア〉のポスターの中で、にっこりと微笑むホログラムの女の子に、ヒロユキは小声で話しかけた。

「おまえの店は、いまのところ〝健康と繁栄〟じゃなくて、〝空気と隙間〟を提供してるぞ……」

そう口に出してから、ポスターに話しかけるという自分の痛い行為に気がついたヒロユキは、あわてて手に持った汎用端末から買い物メモを立ち上げた。

『位置情報を確認いたしました。〈コンビニエンスストア・バルカン〉、小惑星天山3《テンシャン・スリー》二街区一丁目店。購入予定品目を店内在庫と照合した結果、七品目が品切れでございます』

AIホンから落ち着いた年配の男の声が聞こえた。それはヒロユキの汎用端末にインストールされた電子人格〝ノーマン〟の声だった。電子人格の声は性別や年齢を自由に変えることができるため、男性ユーザーの多くは女性の声をインストールしていたが、天邪鬼《あまのじゃく》のヒロユキは、あえて世間一般の選択肢の逆を選んだのだ。

最初のころ、汎用端末から流れてくる〝おっさん声〟に違和感を覚えたヒロユキだったが、その違和感は、口調を〝執事モード〟にするアプリを使うことで解消した。

ノーマンの声とともに、ヒロユキが見ている汎用端末の画面に表示された品目リストの中のいくつかが点滅した。それは紅茶、チョコバー、そしてコーラのような嗜好品のたぐいで、どれも現場にいる同僚から〝あったら買ってきてくれ〟と頼まれたもので、どうしても必要、というレベルの品ではない。

——紅茶を買って帰らないと、ウォルターの機嫌が悪くなるけど、まあ仕方がない。おれが欲しかった緑茶も品切れなんだから、おたがいさまだ……。

ヒロユキはそんなことを考えながら、汎用端末に表示された買い物リストに従って、棚に並んでいる食料品や日用品をカートに入れ始めた。大人の男三人が一週間暮らすとなると、かなりの量になるので、カートは必須だ。電子人格のノーマンが、リストに書かれている商品とメーカーや商品名が違っていても、同類の品物であることを教えてくれるので、その指示に従って迷わず放りこむ。

メインの配送ルートからはずれた、こんな小惑星帯の中にある辺境のコンビニでは、品物があるだけで幸運と思わなければいけない。〝選択する〟という行為は、恵まれた環境でなければ成立しないのだ。

「ノーマン、これでリストにあった品物は全部か？　買い忘れはねえな？」

『ございません。成人男性三人が一週間生活するために必要な日用品、及び食料は確保されております。あくまでもカロリー換算の数値ですが……』

「わかった。買い忘れがなけりゃそれでいい。現場からここまで往復するだけで半日つぶれちまうからな……宇宙船の操縦免許を持っているのが、おれだけだから仕方ねえんだが」

ヒロユキは、ぼやくように言うと、品物を積みこんだカートをオートレジの前に持っていき、いつものように支払い用の画面にタッチして、指紋と生体認証を受けてからから、汎用端末をパネルに押し当てた。いつもなら、ここで、ポーン！という支払い終了の電子音が鳴って、レジのモニターの中に、立体映像の若い女の子の店員が浮かび上がって、にっこり笑いながら、『毎度ありがとうございます』という合成音声が流れるのだが、この日は違っていた。

ピピピピピピ！という耳慣れない警報音とともに、いきなりコンビニの出入り口に、鈍い灰色の超硬合金で作られたシャッターが、ガシャン！と下りた。と思ったら、さっきまで愛想笑いを浮かべていた立体映像の少女の映像が、強面《こわもて》の警備員の顔に切り替わり、モニターから野太い声が響いた。

『あなたの使用したウォレットデバイスは使用できない。ただちにカートに入れた品を、商品棚に戻してください。店内におけるあなたの行為はすべて録画されている。商品を戻さない、もしくは店内で消費、使用するなどの行為を行なった場合、店舗出入り口のロックは解かれることなく、あなたの身柄は司法当局へと引き渡される！』

ヒロユキは思わず叫んだ。

「ウォレットデバイスが使えないなんて、何かの間違いだ！　先週ここで使ったあと、使ってねえんだぞ！　そっちの端末の故障じゃねえのか？」

『店内備え付けの端末のエラーではない。今回の措置は、あなたのウォレットデバイスの残金がゼロになっており、支払い能力がないために行なわれている』

「ウォレットの金額がゼロって……どういうことだ？　天山《テンシャン・スリー》３の銀行支店の口座に振りこまれているはずだぞ？」

『それはこちらでは判明しない。こちらで判明しているのは、そのウォレットデバイスには一銭も登録が行なわれていないということだけだ。取引銀行に問い合わせを行なうことを推奨する』

コンビニのオートレジに浮かび上がる三次元立体画像の警備員は、言葉を続けた。

『あなたのウォレットデバイスは盗難、偽造されたものではないことは判明している。商品を持ち出す意思がないことが確認できれば、出入り口を開放する』

「くそ、買い出しに来てみれば、これかよ……いったいどうしてこうなったんだ？　本当にツイてねえな……」

ヒロユキはそうつぶやくと、カートに積みこんだ品物を、ひとつずつ棚に戻し始めた。

すべての商品を棚に戻し、カートを収納場所に突っこむのと同時に、店内に『返品を確認しました』という合成音声が響き、シャッターが開き始めた。

コンビニから解放されたヒロユキは、その場で汎用端末に話しかけた。

「ノーマン、これはどういうことだ？」

『取引銀行に照会したところ、三日前に口座の全額が、引き上げられております。早急に会社にご連絡を取るのがよろしいかと存じます』

「経理の連中の手違いかよ！　ふざけんな！」

『その可能性もございますが、会社などの法人に、債務超過による民事再生法が適用された場合などに、債権者の銀行が債権管理の一環として法人名義の口座を凍結し、運用可能な資金をすべて引き上げる場合がございます』

ノーマンの言葉に、ヒロユキは少し驚いた。

「それって……まさか、うちの会社が倒産したってことか？」

『その〝可能性もある〟ということを申しただけで、〝倒産した〟と決めつけたわけではございません。とにかくお問い合わせをするのが先決かと』

「わかった。悩むより直接聞いたほうが早い……って言ったって、ここから地球までレーザー通信でも片道十四分かかるから、ちっとも早くはねえんだがな」

ヒロユキは、そう言うと汎用端末の通信アプリを立ち上げて、一方的に話し始めた。

「総務部新規事業展開プロジェクト班のリーダー、木戸《きど》です。プロジェクト推進のための経費引き落とし口座が使えないため、作業班の食料や飲料水の購入ができません。備蓄食料を食い延ばしても一週間持つかどうかです。われわれ三人は、給与を成功報酬にする代わりに、生活費のいっさいを会社で持つ、という社長の約束を信じて、このプロジェクトに同意し、ここに来ました。このままですと、われわれは島流し、というよりも遭難者と同じ状態になります。何かの手違いでしたら、こちらの支店に経費を振りこんでください。お願いします！」

話し終えたヒロユキは、汎用端末の表示を見て、自分が言った言葉がちゃんとした文章になっているかどうか、三回ほど読み返した。地球と小惑星帯との通信は、最新のレーザー通信を用いていても、短くて十四分、長いときには二十分近い時間がかかる。当然相手とのリアルタイムの会話は不可能だ。伝えたいことを文字にしてからやり取りする、メールのようなコミュニケーションがあたりまえになっている。ヒロユキの起動させた通信アプリは、一種の口述筆記のような形で、言葉を文字メッセージにしてくれる機能を持っている。

「これでよし……と」

自分が話したメッセージが、ちゃんと文章になっているかどうか確認したヒロユキは、自分に言い聞かせるように、小さくつぶやいてから送信ボタンを押した。だが、送信完了のサインが出なかった。

「なんで送信できないんだ？」

『通信料も同じウォレットロ座から引き落とされることになっております。コレクトコールを利用するか、設定を変えてヒロユキさまの個人口座を引き落とし口座に指定すれば、通話できるかと……』

「コレクトコールか……」

ヒロユキは考えこんだ。

——おれたちプロジェクトチームは、ほとんど社長の個人的な意向で動いている。表向きは会社とは無関係で、連絡先は社長に限定されている。あのドケチな社長が、コレクトコールを受けてくれるだろうか？　受けてくれなけりゃ、またやりなおしだ。ここはおれのポケットマネーから通信料を支払ったほうがいいだろう。あとで経費に乗せて請求すればいいんだからな。

「ノーマン、通信料の引き落とし先を、小惑星支店のおれの個人口座にしてくれ」

『よろしいのですか？　小惑星帯から地球までの通話は、通常料金でも、かなり割高になりますが？』

「仕方ねえよ、経費を会社の口座に振りこんでもらわなけりゃ、飯を食うどころか、空気も水も手に入らねえんだ。送信してくれ」

『かしこまりました』

汎用端末の画面に送信中のアイコンが点滅表示されるのを見たヒロユキは、小さく、はあ……とため息をついて、白く発光する有機照明天井パネルを見上げた。この天井を光らせている発光素子は、いわば超小型の温度調節機能の付いた人工太陽のようなもので、太陽光線とほぼ等しい波長帯を持つ光を放ち、人間の健康を維持するだけでなく、植物の育成も可能というすぐれものである。

その柔らかな光を浴びながら、ヒロユキは考えた。

——この光も〝帝国の遺産〟か……そもそも、宇宙飛行士でもなんでもない、一介の会社員でしかないこのおれみたいなのが、地球を遠く離れたこんな小惑星帯のど真ん中にいるのも〝帝国の遺産〟のおかげだ。今の通話が、レーザー通信で地球に届くまで最短で約十四分。社長がメッセージを聞いて、即座に返事してくれたとして、それがこの小惑星、天山《テンシャン・スリー》3の地下市街区にいるおれのところに届くのに、また十四分。帝国の連中が使っていたと言われる超空間通信装置が発見されるまで、おれたちは光の速度で通信を続けるしかない。もし、使用可能な超空間通信装置を発見できたら、歴史に名前が残る。何よりも、遊んで暮らせる莫大な報奨金が手に入るだろう。少なくとも地球との通話料の引き落としに怯えなくてもいい生活が待っているはずだ。

「あーあ、どっかに超空間通信装置、埋まってねえかなあ……」

ヒロユキは思わず独り言をつぶやいた。それは彼の偽らざる本音でもあった。

「さてと、どう考えても返事が聞けるのは三十分以上あとだな……ノーマン、このあたりでひと休みできる場所はあるか？　できれば無料、なければ有料でもいいが、なるべく安いところを探してくれ」

『かしこまりました』

　ノーマンがそう答えるのと同時に、汎用端末の画面に表示されていた街の地図の中の数カ所が点滅し始めた。

『無料という条件ですと、約百メートル離れたところにある天山中央公園に無料休憩所があります。投稿レポートによりますと、夜間はホームレスの溜まり場になっているとのことですが、今の時間ならばだいじょうぶかと……』

「公園か……手持ちの金はなるべく使いたくないからな、仕方ないか……」

『三十分ほど時間をつぶせて、ドリンクと軽食がもらえる場所ならございますが？』

「ドリンクと軽食がもらえる？　無料《タダ》で？」

『はい、代わりに四百ｃｃほど血液を提供することになりますが』

「献血か……」

『生体検査もしてくれますし、健康診断をかねて、いかがですか？　完全無痛ですし』

「うーん、献血がいやってわけじゃねえけど、今はそういう気分になれねえな。もっと幸福感に満たされ、精神的に前向きになっていて、いいぜ、持ってけ！　と思えるときにするよ」

ヒロユキはそう答えると、統一規格の建材パネルで区切られた地下街を歩き始めた。

彼の名前は木戸博之《きどひろゆき》。年齢は三十五歳。地球の北千住にある中小企業、丸十製作所の社員である。そして彼が今いるのは、地球を遠く離れた、火星の公転軌道と木星の公転軌道のあいだに広がる小惑星帯――通称アステロイドベルトの中に浮かぶ直径二百キロほどの小惑星、天山《テンシャン》・3《スリー》の地下に作られた居住区の中だった。

東京の下町にある中小企業のサラリーマンである彼が、なぜ、地球を遠く離れたこんな場所にいるのか。その理由は、ひとことで言ってしまえば〝一攫千金《いっかくせんきん》〟を追い求めているためである。

地球連邦政府は、月の調査を進めるのと同時に、火星にも探査隊を送りこんだ。そして地球人が火星に降り立って二年後には、常駐基地が作られ、地表部と地下、そして火星の衛星であるフォボスとダイモスの探査が進められた。フォボスに向かった探査隊が、フォボスの地下で帝国軍の前進基地と思われる施設を発見したのは、火星探査が始まって五年後、新世紀十六年のことだった。

その施設には戦闘用の宇宙船の残骸だけでなく、いわゆる基地設備のためのさまざまな機器が遺留物として残されており、遺留物の解析を進めた地球連邦政府は、この太陽系に駐屯《ちゅうとん》していた帝国軍は、今から五千年ほど前に、敵対する〝竜族〟と〝帝国〟のあいだに平和条約が締結され、領土権を主張する必要がなくなったために、装備を廃棄し、太陽系のどこかに設置された転移ゲートを使って撤収したことを突きとめた。そして、この発見が歴史的とも呼べる政策の転換につながることになる。

フォボスで発見された遺留物から、転移ゲートの存在を確信した地球連邦政府は、全世界に対し新政策を発表した。それは、月の地下、及び火星で発見された小型推進機の民間払い下げと、宇宙船建造に対するノウハウの提供、そして、宇宙船製造に対する補助金の拠出である。

より多くの人々を宇宙に送り出すことを目的としたこれらの政策の目的は、異星人が太陽系のどこかに残した〝ゲート〟を一刻も早く探し出すためだった。

〝帝国の遺産〟である膨大な量のスーパーテクノロジー製品によって、地球人の生活を支えるインフラや生産性は、農業工業を問わず、著しく発展した。地球人の生活は、もはや異星人の遺留物なくしては立ちいかないところまで来ていた。しかし、それらの品物は〝原理はわからない〟〝再生産することもメンテナンスすることも不可能〟であることに変わりはなかった。

数に余裕のある今のうちはいいが、この先、経年劣化などでそれらの品々が機能停止し始めれば、どのようなことになるのか、異星人のスーパーテクノロジーによるさまざまな恩恵のシャワーをたっぷりと浴びてしまった地球人にとって、過去の物として切り捨てた二十一世紀の効率の悪い産業形態やインフラに再び戻ることは、悪夢以外のなにものでもなかった。

地球連邦政府にとって選択肢は二つあった。今、手の中にある〝帝国の遺産〟を温存し、小出しに使って、細く長くスーパーテクノロジーの恩恵を受け続けるか、それとも帝国の勢力圏へと繋がる転移ゲートを見つけ出し、異星人と接触するかである。

そして地球連邦政府は後者を選択した。その理由を聞かれたとき、地球連邦政府の初代大統領は、ただひとこと、こう言ったと伝えられる。

「*Ayume* the inside of out there light（光あるうちに光の中を歩め《アユメ》）」

地球連邦政府は、転移ゲート発見者に多額の賞金と栄誉を与えると宣言し、大企業の連合体は、新たな〝帝国の遺産〟を発見した場合、莫大なロイヤリティを支払うことを確約した。

十八万基の小型推進機と、ユニット化された小型宇宙船、そして重力制御装置と太陽灯をはじめとするさまざまな生命維持装置が、連邦政府から民間企業に払い下げられ、それを組みこんだ宇宙船が、次々に生産され始めた。民間に払い下げた推進機を備えた宇宙船として最初に作られたのは大型の旅客用宇宙船だった。誰でも気軽に楽しめる宇宙ツアーが企画され、人々は宇宙へと押し寄せた。旅客用宇宙船が次々に作られるに従って、高額だった旅行費用はどんどん安くなり、〝週末は月面で！〟〝夏のバカンスは火星に！〟といったキャッチコピーを掲げて、旅行会社がツアー客を募集し始めるまで、さほど時間はかからなかった。宇宙は、もはや遠くから見上げるものでも、ほんのひと握りの人間しか行けない場所でもない。行こうと思えば誰でも行ける場所になったのだ。

そして、観光客を乗せる大型客船と同時に、中型、小型の自家用宇宙船も数多く生産された。その目的とは、〝ゲート〟と〝帝国の遺産〟を発見することだった。もし、このどちらかを発見できれば、莫大な報奨金と、歴史に名前が残る大名誉を受け取ることができるのだ。目的と、そこに行く手段がそろったとき、宇宙のゴールドラッシュが幕を開けた。

過去の地球上で起きたゴールドラッシュと大きく違うのは、この宇宙のゴールドラッシュに加わった人々のほとんどが、出資者を募って起ち上げられたベンチャー企業の構成員だったことである。いかに宇宙船が安価かつ安易に手に入るようになったとはいえ、その価格は個人で簡単に出せる額ではなかったからだ。

そして、宇宙船を手に入れ、〝帝国の遺産〟を追い求める人々が真っ先にめざしたのは、火星の公転軌道と木星の公転軌道のあいだに広がる、小惑星帯《アステロイドベルト》だった。

小惑星帯は、文字どおり、大小さまざまな、大きなものは直径千キロ近く、小さなものは数メートルからゴルフボール大の、小惑星というよりも隕石と呼んだほうがいいサイズのものまで数百万という数の小惑星が、太陽を囲むようにベルト状に広がっている空間である。

すでに政府機関によって探索がほぼ終わっている月や火星と違って、小惑星帯の探査はほとんど進んでおらず、探査が行なわれていたのは、千キロ近い直径を持つ小惑星ケレスをはじめとする、直径百キロ以上の大型の小惑星数個だけであり、それ以外の小惑星の探査は、手つかずだったからである。

〝帝国の遺産〟を求めるトレジャーハンターが集まれば、その人々を相手に商売をする人々が集まるのも当然である。ゴールドラッシュでもっとも儲かったのは、金を掘り当てた者ではなく、金を掘る人々にシャベルとジーンズを売りつけた者である、という前例を踏襲しようとする人々もまた、小惑星帯をめざした。

こうして小惑星帯の中に、探索者向けの店や施設が作られ始め、人と物が動き始めるのと同時に、地球と小惑星帯とのあいだに定期航路が設けられた。この定期航路は〝帝国の遺産〟を発見して一攫千金をもくろむトレジャーハンターたちをさらに呼び寄せることになった。

こうして集まった人々の中には、みごとに〝帝国の遺産〟を見つけ出す者もいれば、資金を使い果たし、地球に帰る旅費もないままホームレスと化した者も少なくはない。小惑星帯は、さまざまな人々の欲望と希望と失望を混ぜこんで煮えたぎる巨大な闇鍋《やみなべ》となって、やってきた人々を翻弄し続けていた。

天山中央公園は、幅百メートル奥行き二百メートルほどの長方形の形をしている。これは、この天山《テンシャン・スリー》3の地下市街区の一区画分と同じ大きさだ。公園の真ん中には、地球から持ってきたハルニレの大きな樹や、灌木などが植えられており、芝生が張られた広場や小さな噴水なども配置されていて、ほとんど地球と変わらない景観を作り出している。

天井に設置された太陽灯に照らされた公園に足を踏み入れたヒロユキは、思わず大きく深呼吸した。

高性能なバイオフィルターと生命維持装置が動いているので、地下の密閉された空間でも、大気は地球上とほとんど変わらない状態に保たれているのだが、やはり植物の近くに来ると空気が新鮮に感じる。地下施設の中の空気を循環させるための送風装置から、ゆらぎの強弱をつけて自然の風を模した風が公園の中を吹き抜け、木々の葉が触れ合って、ザワザワ……という音を立てている。

公園の中には、噴水を囲むようにベンチが六つ置かれており、ヒマそうな中年男が四人ほどベンチにすわって、何をするでもなくぼんやりと噴水を眺めている。

——おれもあいつらの仲間入りってわけか……。

ヒロユキは、小さくため息をつくと、空いているベンチにすわった。

頭上で風に揺れている木々の枝を眺めながら、ヒロユキは、自分の勤め先のことを考えていた。

——あんなバカな企画書、書かなけりゃよかったんだよなあ……。

ヒロユキが勤務している丸十製作所は、社員数五十人に満たない中小企業だ。大手の機械部品の設計と生産見本を製造する典型的な下請け会社である。ヒロユキはこの会社の営業係をやっていた。市民生活に〝帝国の遺産〟であるスーパーテクノロジーが流れこんでくるのと同時に、ありとあらゆる製造業が技術革新の大波に襲われた。昨日までの常識だった〝不可能なこと〟が〝可能なこと〟に切り替わったのだ。〝帝国の遺産〟である高性能バッテリーは、ガソリンエンジンやディーゼルエンジンなどの内燃機関を、舞台の主役の座から楽屋の掃除係へと蹴落とし、高効率で高出力タイプの大型熱電対は、発電設備の中で大きな面をしてふんぞり返っていた発電タービンを追い出した。

いくつもの生産ラインが閉鎖、縮小され、新たな概念によって設計された新しい製品への生産ラインへと切り替わっていった。

こう記述してしまえば、二行に満たない文字数に単純化されてしまう出来事から、実際に切り替わるまでのあいだの現場の混乱を想像できる人間は少ないだろう。イノベーションの波に乗り遅れた企業は、大企業、中小企業の区別なく、倒産、廃業に追いこまれ、数多くの人が職を失った。倒産まで行かなくとも経営不振に追いこまれる企業は数多く、ヒロユキの勤めている丸十製作所も例外ではなかった。取引先の大企業の倒産に巻きこまれ、かなりの負債を抱えこみ、まさに気息奄々《きそくえんえん》という状態に陥ってしまった。

一代で会社を興した、独断専行のワンマン社長である丸十製作所の社長は、会社の危機を救うための、もっとも投資資本が少なくハイリターンな方策を、企画書にして提出するように部下に命じた。

営業方針をめぐって何度も社長と対立したことのあるヒロユキは、この会社に見切りをつけるつもりでいた。転職サイトに登録して新しい仕事を探し始めたヒロユキは、最後っ屁のようなつもりで、〝社長が要求している、もっとも投資資本が少なくハイリターンな方策なんてものはない。あるとしたら、それは〝帝国の遺産〟を探し出すことくらいのものだ〟という内容の、企画書というよりも意見書のようなものを書いて、社長に叩きつけてやった。

その企画書を読んだ社長は、それを正面から受けとめた。社長室から飛び出してきた社長は、手に持った端末を振りかざして叫んだ。

「わが社に欠けているのは、こういったチャレンジ精神だ！　この荒波の中に船を漕ぎ出す者だけが、新天地にたどり着けるのだ！　木戸を呼べ！　わが社も〝帝国の遺産〟探索に名乗りを上げるぞ！」

――かくしておれは、こうやって、小惑星帯のど真ん中で、ぼーっとベンチにすわっているというわけだ。会社の金で宇宙に行けて、宇宙で好きなことができると知ったときは、なんだか大冒険に出るような気分で楽しかったが、いざ宇宙に出てみれば、地球と変わらない日常の日々が続くだけだ。

ヒロユキは、もういちど、大きくため息をついたあとで公園を見まわした。

――おれが住んでいた北千住の安アパートの近くにあった公園と変わんねえな。太郎山公園だったっけかな……あそこにはクジラの絵が描いてある水遊びできる池とか、ゲートボール場とかがあって、設備とかはここと違うけど、雰囲気は同じだ。結局のところ、人間が宇宙に出たからって、生活様式や行動のパターンがそんなに変わるわけがない。地球上の生活ってヤツが、そのまま宇宙に行くっていうだけの話なのかもしれないな。

ヒロユキは、視線を手に持った汎用端末に戻し、アプリを起動した。ヒロユキが暮らしている作業現場の宿舎《ベースキャンプ》には通信設備がないので、アプリなどをリアルタイムで最新のものにアップグレードできない。週にいちど買い出しのために、回線の繋がる天山3《テンシャン・スリー》に来たときに、アプリをダウンロードするのがいつもの習慣になっていた。

――データをダウンロードしているあいだに、ここ最近のニュース動画でも見るか。

ヒロユキは、そんなことを考えながら、ニュースアプリを起動した。AIホンから動画配信サイトのジングルが流れると同時に、ここ一週間の出来事をまとめた見出しと動画のサムネイルが並ぶ。

「スポーツや芸能には興味がないし……政治経済もあとでいいや。とりあえず、エリアを小惑星帯に限定してくれ」

『かしこまりました』

ノーマンの返事とともに、今まで並んでいたニュースアプリの看板記事が消えて、代わりに小惑星帯のローカルニュースの見出しと、動画のサムネイルが並んだ。

『〝帝国の遺産〟発見！　ネオ・タンジークで高性能加速ブースターらしきもの見つかる！』

『γ《ガンマ》二百三十一区画で遭難者の遺体発見！　一年前に消息を絶った探索グループか？』

『不審宇宙船出現！　地球連邦宇宙軍の高速哨戒艇を振り切り、逃走。宇宙船は〝帝国の遺産〟である伝説の〝蒼き剣〟型の戦闘艦か？』

ヒロユキは最後のニュースが気になった。

——地球連邦宇宙軍の哨戒艇は、発見された推進機の中でも最高品質のものを複数搭載しているはずだ。それが追いつけないほどの加速出力を持っているとしたら、その推進機は、新発見の物に間違いない……そういえば、以前、Δ《デルタ》地区で、〝壊れていない新品の帝国軍の宇宙船が見つかった〟という噂が流れたことがあったっけ。でも、この小惑星帯では、そういう〝すごいものが見つかった〟という噂は、広まっては消えていくから、信じちゃいなかったけど。こういう公式のニュースに載ると、もしかして……と思っちゃうよなあ。

ヒロユキが、そんなことを考えたとき、誰かが前に立った気配がした。

顔をあげると、そこに、一人の男が立っていた。年齢は五十代くらいだろうか。無精髭が伸び、髪の毛もボサボサで、全体にしょぼくれた印象を受ける東洋人のおっさんだ。着ている服は、ひと昔前の安っぽいスウェットウェアによく似た緩いシルエットの灰色の高機能インナーの上下だ。このインナーは身体に密着させなくても温度や湿度を調節できる細密中空繊維を使ったもので、船外作業服を使用するときに着るものだが、外気が暑くても寒くても、常に快適な温度に保ち、肌触りがよく抗菌防臭能力も高いので、俗に〝究極の引きこもりウェア〟と呼ばれている。ヒロユキも、ベースキャンプでゴロゴロしているときは、これと同じタイプのウェアを愛用しているので、他人のことは言えないのだが、昼下がりの公園で、しょぼくれた中年男がこのウェアを着ている姿を見ると、なぜか目をそらしたい気分になる。

灰色のウェア上下の男は、ニヤニヤ笑いを浮かべて、聞いてきた。

「兄ちゃん、今日は休みか?」

日本語だった。

「いや、休みじゃない」

反射的に日本語で返事をしたヒロユキの言葉を聞いて、おっさんは嬉しそうに笑って、関西弁風のイントネーションで答えた。

「やっぱり日本人か。そうやないかと思った。なんの仕事しとるん?」

「たいした仕事じゃないですよ。探索と発掘です。社長の命令で」

ヒロユキはいつものべらんめえ口調を引っこめて、普通に答えた。さすがに初対面の相手にいつもの話しかたはできない。

「なんや、兄ちゃんも宝探《トレジャーハンター》しかいな。ちょうどよかった。ええ情報があるねん。連邦政府の探索隊が記録したデータから割り出した、正真正銘の〝帝国の遺産〟のある場所や。どや？　ホンマは百万クレジ相当の情報やけど、同じ日本人や、十万クレジにまけといたるわ」

──なんだ、やけに馴れ馴れしく話しかけてきたと思ったら、情報屋か。

ヒロユキは揶揄《やゆ》するような口調で答えた。

「いきなり十分の一にダンピングですか。むちゃくちゃですね。信頼性皆無だ」

おっさんは、情けなさそうな顔になって、ベンチにすわっているヒロユキの隣に腰かけた。

「笑わんといて。わしは今、金が必要なんや。今週中に管理局に維持費振りこまんと、部屋の重力止められてしまうんや」

「料金滞納で部屋の重力を止められる……って、重力供給って部屋単位だったんですか？」

「知らんかったんか？　部屋の床板が重力発生素子になっとる。通電すると片面が熱持って、反対側が冷却されるペルチェ素子みたいなもんや。重力発生素子は、通電すると片面に重力が発生して、そのぶん裏面の重力が少なくなるんや」

「でも、重力を止められても、電気とか水道とかを止められるより影響少ないんじゃないですか？　小惑星にも固有の引力はあるわけだし」

「そりゃあ小惑星にもかすかな重力あるけどな、そんなん無重力と変わらん。重力がないといろいろ不便やでぇ。家具も何もかも、生活用品は地球のモンそのまま持ってきとるさかい、部屋でお湯沸かしてカップ麵食うんも命がけや。気がついたら熱《あ》っついラーメンがカップから出て、真ん丸うなって部屋の真ん中に浮かんどるんやからな。顔突っこんだら大やけどや」

おっさんの言葉に、思わず笑ってしまってから、ヒロユキは気がついた。

「あの……宇宙での生活、長いんですか？」

おっさんは、さらっと答えた。

「ああ、長いで。ここの居住区を作ったんは、わしらや」

「ここを作ったって……じゃあ五年前から？」

「居住が始まったんが五年前で、作り始めたんは、もっと前やな」

「まだ、いろいろな技術が発達していないころに小惑星の地下を掘って、居住区作るの大変だったんでしょう？」

ヒロユキの言葉に、おっさんは小さく首を振った。

「ここも、地球の地下街と、さほど変わらん。手間は同じやな。帝国の技術ちゅうのがスゴイのは、基本コストをアホみたいに下げたってところや。地球からここまで資材を運ぶコストと、掘削用の建設機械を動かす高出力バッテリーなんかのエネルギーコスト、この二つが安くなれば、あとは古い技術でもやっていける。わしみたいな年寄りの重機オペレーターにも仕事はこなせるっちゅうわけや。給料も高かったしな」

「地球には戻らなかったんですか？」

「戻ったやつもおるよ。というか、仲間はみんな地球に戻った。わしは……稼いだ金で、一発当ててから戻ろうと思ったんやけど、うまくいかんかった……」

さも〝いい話〟みたいな口調で話すおっさんに、少し反感を覚えたヒロユキは意地悪な言葉を返した。

「……うまくいかなかったんで、こんどは一発当ててやろうという連中をカモにする側にまわったってわけですね」

おっさんは、ムッとした顔で言い返した。

「カモにしてやろうなんて思っとらんわい！　わしが言っとる情報はホンモノや！」

「ホンモノのお宝の情報なら、自分で掘りにいけばいいじゃないか。なんでおれみたいな見ず知らずの人間に売りつけようとするんだよ」

おっさんは、言葉に詰まった。

「そ、それはやな、わしは情報しか持っとらんから、仕方ないんや。実際にお宝を掘り出す手段があらへんのや。だからその手段を持っとる人を見つけて、情報を役立ててもらおうっちゅうわけやねん。それにあれやで、カジノでカード配っとるディーラーは、賭けられんのと同じや」

「なんだよそれ。ギャンブルみたいなものだと、自分からネタばらししているようなものじゃないか」

ヒロユキが笑いながらそう答えたとき、右耳のAIホンからノーマンの声が流れた。

『メッセージに返信がありました』

「あ、悪い、おっちゃん。なんか会社からメッセージが届いたみたいなんで……」

「おお、そうか、忙しいところすまんかったな」

ヒロユキの隣にすわっていたおっさんは、そう答えると、ベンチから立ち上がって離れていった。

——意外とあっさりしているな。根はいい人なのかもしれない。

ヒロユキは、おっさんの背中を見てそんなことを考えたあとで、視線を汎用端末の画面に落とした。

「あれ？　これ、会社からじゃねえな……なんだ、この法律事務所ってのは……」

メッセージは、聞いたことがない、法律事務所からだった。

「弁護士からメッセージをもらうようなことに、首を突っこんだ覚えはないんだけどなあ……」

ヒロユキはそうつぶやくと、本文を開いた。なにやら難しい法律用語が並んでいるが、文章の大意は読み取れる。このメッセージを送ってきた弁護士は、丸十製作所の取引先の銀行の顧問弁護士で、丸十製作所の全資産は、管財人となったこの弁護士の許可がなければ取引できない、という内容だった。

「おい、ノーマン」

『なんでございましょうか？』

「会社の全資産が、管財人の管理下に置かれるって……それってつまり、倒産したのと同じことだよな？」

『一連の経緯が判明しませんが、この文面を見るかぎり、そう判断してよろしいかと存じます』

「でもよ、おれたちの生活費とか、滞在費とかは、会社の経理とは関係ない、社長の個人的な口座から出ているって話じゃなかったのか？　なんで会社の資産が差し押さえ食らったのに、こっちの口座まですっからかんになるんだよ！」

『さまざまな理由が考えられますが……もっとも可能性が高いのは、社長が個人の資産と、会社の資産を明確に切り分けをせず、いわゆるどんぶり勘定で処理していたためではないかと……最初は自分の懐から出していたのかもしれませんが、もったいないので、会社からの出金に切り替えてしまったのかもしれません』

ヒロユキは、がめつそうな社長の顔を思い浮かべた。

——ありえる。というか、そうとしか考えられない。あのくそオヤジ！

「くそ！　バカ！　ゴミ！　ええカッコしいの、エロじじい！　キャバクラ通う金があったら、こっちにまわせ！　いや貯金しておけ！　あればあるだけ使いやがって！　挙げ句の果てがこれかよ！」

思いっきり口に出して罵倒したあとで、ヒロユキは、はっとわれに返った。

——社長の悪口言っている場合じゃねえ。おれたち、これからどうすればいいんだ？

ただならぬ気配に気がついたのだろう、少し離れたところでヒロユキのようすを見ていた、さっきのおっさんが戻ってきた。

「兄ちゃん、どうしたんや？　大声あげて、なにかあったんけ？」

「声を上げたくもなるさ、会社がつぶれて社長が夜逃げしやがった！　おっちゃん、悪いな、情報売るなら、金のあるやつを相手にしてくれ。こっちは一文なしだ」

おっさんは痛々しげな視線でヒロユキを見て言った。

「そうか、まあ気を落とさんで、しっかりせえや。ここのベンチ、使えるように、ここらを仕切っとるヤツに話つけといてやるわ」

「あ、いや、親切はありがたいけど、同僚に知らせないといけないので、公園のベンチは、またあとでいいや」

ヒロユキはそう答えると、公園から逃げ出した。

――ホームレスの仲間入りはまだ早い。まだなんとかする方法はあるはずだ。ここからなら、連絡船に乗れば地球に戻れる。

「おい、ノーマン、今、おれの手持ちの金はどれくらいだ？　ウォレット口座にいくらある？」

『先程の通信にかなりの額が引き落とされました。現在の残金はこれだけです』

ノーマンの言葉とともに汎用端末に表示された金額を見て、ヒロユキは息を呑んだ。そこに表示されたのは、ファストフードの店で食事をするのもためらうような数字で、当然、連絡船の旅費など払えるはずもなかった。

「ウソだろ？　たったこれだけか？」

ウォレット口座、というのは、いわば手持ちの財布のようなものである。小惑星帯ではデータの通信に片道十四分以上かかるため、通常のやりかたではクレジットカードの決済ができない。そのため小惑星帯の中に置かれた銀行の支店に、あらかじめ一定金額を振りこんでおいて、店舗などの支払いに使うウォレット方式と呼ばれる決済が行なわれているが、通信料金が高いため、地球の銀行口座から小惑星帯のウォレット口座への振込は、ゴールド会員で通常四日に一回。スタンダード会員の場合は、二週間に一回しか行なわれない。そして、スタンダード会員であるヒロユキのウォレット口座に次の振込が行なわれる予定日は十日後。つまりこの十日間は、ほぼ一文なしで過ごさねばならない。

――くそ！　最悪のタイミングだな。地球の口座にいくら貯金があっても、手持ちがゼロじゃあ、どうしようもない！　どうする？　どうすればいい？　このままここでじっとして、おれのウォレット口座に金が振りこまれるのを待つか、それとも、発掘現場に戻って、佐々木とウォルターに相談するか……。

発掘現場にいる二人の同僚の顔を思い浮かべたとき、ヒロユキは閃《ひらめ》いた。

――そうか！　おれのウォレット口座に金がなくとも、あいつらの口座にはあるはずだ！　現場に行って、あいつらと一緒に、この天山《テンシャン・スリー》3に戻ってくればいいだけのことだ！

ヒロユキは、汎用端末に向かって言った。

「おい、ノーマン！　宇宙港の船舶管理会社に、マーシャル号に推進剤を補給してくれるように連絡してくれ！　β《ベータ》43679に戻るぞ！」

『現在のウォレット口座の金額で補給できるのは五リットル程度でございます。推進剤タンクに残っている分と合わせても、タンクの四分の一いくかどうか……』

「四分の一あれば、ここと現場の往復は可能じゃないか？」

『一往復ギリギリ、少し足りない程度ではないかと思われます』

「よし、じゃあそれでいい。口座の残金を全部推進剤の購入にあててくれ。向こうに着けば、飲料用の水もある。推進剤の代用品として使うと消費効率がむちゃくちゃ悪いけど、宇宙船を飛ばすことはできる」

『かしこまりました。では、推進剤の購入手配をいたします』

ノーマンの返事を聞いて、ヒロユキは小さくうなずいた。

――よし、まずは現場に戻って、仲間に会社が倒産したらしいと教えるのが先だ。そのあとどうするかは、三人で決めよう!

2 島流し

ヒロユキが乗っている宇宙船は、全長が約六メートルほどの小型の宇宙船で、〝マーシャル〟号と名づけられている。これはカリフォルニアのアメリカン川で最初に金を発見し、ゴールドラッシュの引き金を引いたジェームズ・マーシャルという人物の名前にあやかったもので、ヒロユキの勤めている会社の社長が、縁起をかついで命名した。船体はアルミのフレームと強化FRPを組み合わせて作られており、前部に操縦席、その後ろに六人分の座席、さらにその後ろに小さなトイレと貨物室があり、隔壁を隔てた船尾に慣性制御装置を同じユニット内に収めた小型の推進機が取り付けられている。この推進機は、船にたとえて言うならば、ボートやクルーザー船の船尾に取り付ける船外機のようなもので、近距離を航行する連絡艇や、小型の貨物運搬を行なう雑用船などの、たいして速度を必要としない宇宙船に使われていたものらしい。この推進機の原理はよくわかっていないが、推進剤として重水を使うことにより、地球で開発されてきた過去の推進機をはるかに上まわる推進力を得ることができる。

　さらに、この帝国の推進機は、その前方にコクーンと呼ばれる一種の力場を形成し、宇宙空間で浴びる強力な放射線を防ぐ仕組みになっており、宇宙船の構造は、気密の確保だけ確実に行なうことができればよいことから、小型宇宙船の中には船体外郭にFRPなどの、製造が容易で安価な材質を使ったものが数多く作られた。

　ヒロユキが操縦している宇宙船は、そうやって作られた安価な量産品の、それも底値に近い中古品だった。丸十製作所の社長が初期費用を最小限に抑えるため、航行可能な宇宙船の中で、もっとも安価なものを探し出してリースしたのだ。当然、保証もない。いわばリサイクルショップのジャンク品の棚の中で〝ノークレーム。ノーリターン。自己責任でお使いください〟と注意書きが付けられて、転がっている品物と同レベルである。

　ヒロユキは、操縦席の周囲を見まわした。安っぽい灰色の樹脂製の内張りのあちこちに、同色の樹脂が盛り上がっているのがわかる。それはマーシャル号を購入したあとに内側から吹きつけた気密強化用の樹脂が、外殻のヒビに流れこんだ痕《あと》だ。気密強化樹脂にはマイクロカプセルが混ぜこんであり、これを吹きつけておくと、船内の大気が漏れている場所に流れこんで、真空に触れると発泡して体積を増やし、気密漏れをふさぐのだ。

「なんか、また発泡箇所が増えているような気がするな……だいじょうぶか？　この船」

『発泡箇所が増えているということは、小さなヒビなどに対し気密保持機能がちゃんと働いている、とお考えください。小さなヒビのレベルでちゃんとふさいでおけば、大きな破断につながる前に抑えこむことができます』

「それはわかっているけど、どうにも不安な気分は消えないな……オンボロの中古品をさらに買い叩いたから、ろくな整備もしてもらえなかったらしくて、いろいろと不具合が生じるたびに、応急修理でなんとか動かしているのが実情だし……」

『推進機や生命維持装置、航法装置などは順調に稼働しておりますが、船体外殻は、かなり耐久度が落ちているのは事実です。もし船体外殻に破断が生じた場合に備えて、気密作業服を着用なさいますか？』

モニターの中に表示されているタイムカウンターに視線を投げたあとで、ヒロユキは首を振った。

「いや、そこまで心配なわけじゃない。気密作業服は減圧警報が鳴ってから着こんでもまにあうだろう。船体外殻がいっきに破断したら、気密作業服を着こむ時間なんてないかもしれないが、あいつを着るのは作業のときだけで充分だ」

『了解いたしました』

ノーマンの返事を聞いたあと、ヒロユキはモニターに表示されている、周囲に浮かぶ小惑星を示す白い光点を見つめた。小惑星帯の中にも、いちおうの安全が確保された航路は存在するが、その航路をはずれて小惑星帯の中に分け入るとなると、航法装置に登録されていない未登録小惑星に遭遇することがよくある。小惑星帯の中に浮かぶ小惑星は、停止しているわけではなく、小惑星同士の微細な引力により、揺れ動きながら、ゆっくりとした川の流れのように太陽の周りを公転軌道を描いて動いているが、中には小惑星同士の衝突で、イレギュラーな動きをする小惑星も存在する。航法装置には、そういったイレギュラーな動きを事前に捉え、衝突しないようにすみやかに方向転換するプログラムが組まれており、イレギュラーを回避したあと、航法装置は再びもとの目標地点に向けて航路を再設定するようになっているのだが、その機能は、指定航路の範囲内にいるときしか作動しない。マーシャル号がいま飛んでいる空域は範囲外であり、イレギュラーな回避行動を取った場合には、すみやかに人間の手で航路目標を再設定しなくてはならない。なぜ、こんなにめんどくさいことになっているのか、それは航法装置のメーカーの訴訟対策措置である。〝航路をはずれた場所での安全性は保証できない〟と使用約款に記載されているが、それでも訴訟を起こす人間は存在する。そのため、メーカー側は、航路外の航法装置の再起動に使用者の意思を必要とするように設計したのだ。〝自分で設定したのだから、それに伴うリスクはすべて自分で負え〟というわけである。

――〝At Your Own Risk（それは自分の責任で）〟ってことか、そういえばおれも窓口で、〝宝探しに行きたいやつは自己責任。当局に管理責任があるのは、指定された航路内だけであり、たとえ発掘現場で遭難して救難信号を出しても、そのエリアが航路外なら、連邦宇宙軍は救助に来ないし、たとえ犯罪に巻きこまれたとしても、当局はいっさい関知しない〟と説明されて、そういう文章が書かれた文書にサインしたんだっけ。

小惑星帯は自由で、〝誰からも束縛されない〟。でもそれは、〝誰からも保護されない〟というのと同じことだ。

ぼーっと物思いにふけっているヒロユキに、ノーマンが話しかけた。

『いつものように、天山《テンシャン・スリー》3でダウンロードした配信コンテンツをメインモニターで再生しますか？　おっしゃっていただければ、いつでもコンテンツメニューを開けます』

通信手段のない、絶海の孤島のような小惑星では、一週間分のコンテンツをまとめてダウンロードして持ち帰る以外に方法はない。天山《テンシャン・スリー》3への買い出しの帰りに、誰よりも早く最新の配信動画を船内で見ることができるのが、買い出し役の役得だった。

「いや、今はいいよ、そんな気分になれない」

『左様でございますか。それでは待機しておりますので、気が変わりましたらお呼びください』

ヒロユキが首を振ると、ノーマンはそう答えて黙りこんだ。

キャビンの後部隔壁の向こうから伝わってくる、推進機の低い駆動音を聞きながら、ヒロユキは考えていた。

――会社が倒産したって聞いたら、あの二人どんな顔するだろうな？　驚くことは驚くだろうが、あんまり失望とかはしないような気がする。あいつらもおれも、何かアクシデントに遭遇したら、絶望してすわりこむよりも、なんとかしようとして走り出す人間だから な……なんとかなる。うん、なんとかするんだ。

やがて、光学センサーが目的地である小惑星β《ベータ》43679の姿を捉えた。最大倍率で映し出されたそれは、誰かがひと口かじって、夜空に放り投げたリンゴのように見えた。

直径十キロ程度の大きさのその小惑星は、もともとは球形だったらしいが、ほかの小惑星と衝突して、中心部が大きくえぐられており、立体化された三日月のような形をしている。表面には、無数のクレーターがあり、中心部に至る深い亀裂が何本も生じている。

ヒロユキたちがこの小惑星に目をつけた理由は、この大きなクレーターと亀裂だった。帝国軍の廃棄マニュアルによると、各種装備を遺棄するさいは、惑星表面に放置することなく、地下に埋設することになっていた。惑星表面にいちいちゴミ捨ての穴を掘るよりも、すでに存在している穴や亀裂を利用したほうが手軽であるのは言うまでもない。惑星表面に大きな亀裂や深いクレーターを持つβ43679に、〝帝国の遺産〟が廃棄されている可能性が高いと判断したのだ。

——あと一時間か……そろそろ減速開始だな。

航法装置に表示されている距離計を見たヒロユキが、推進機の向きを変えようとしたその時、キャビンに、今まで聞いたことのない、「ん〜んん、ん〜んん」という、誰かが鼻歌を歌っているような音が響き渡った。

「なんだ、これ？　何が起きたんだ？」

『推進機の制御装置にデフォルトで組みこまれている警告音です！』

「異星人ってのは、鼻歌で警告するのかよ！　って、そんなこと言っている場合じゃない！　警告って、何を警告しているんだ？　推進機の寿命か？　爆発しちまうのか？」

『これは推進機の反応炉の中に送りこまれる推進剤が不足していることを知らせるものです。早い話が燃料切れでございます』

ノーマンの答えを聞いたヒロユキは、あわてて制御盤のモニターを見た。推進剤タンクの残量を示す表示は、まだ四分の一程度の推進剤が残っていることを示している。

「え？　だって、この表示だと……」

そこまで言ってから、ヒロユキは気がついた。

——そういえば、推進剤の残量表示が、天山《テンシャン・スリー》3を出るときに確認したときのままだ。天山《テンシャン・スリー》3からここまでのあいだに、かなりの推進剤を消費しているはずなのに、表示が変わっていないってことは……。

「センサーが故障しているってことか！」

『はい、おそらくは……それと、これは推測ですが、推進剤タンク、もしくはそこから推進機に推進剤を送るパイプのどこかにひび割れが発生し、推進剤が船外に漏れ出ていた可能性があります。そうでなければ、これほどまでに急激に推進剤が消費されることはありません。推進剤が完全になくなりますと、推進機の内部反応炉が焼きついてしまい、完全停止します』

ノーマンの言葉が終わるのと同時に、たった今まで船内に響いていた推進機の駆動音がぴたっと止まった。

静寂に包まれたキャビンで、ヒロユキは叫んだ。

「おい！　どうしたんだ？　推進機が止まったぞ！」

『推進機の内部反応炉が焼きついた模様です』

ヒロユキは慌てて制御盤を覗きこんだ。推進力を示すセンサーや、推進剤の流量、そして加速度を示すセンサーがゼロを示していた。数字を示しているのは、推進剤の残量を示すセンサーの数字だけだ。そしてそいつは当然壊れている。

「なんでこんなことになる前に気がつかなかったんだ！　推進剤のタンクか配管にヒビが……って！　リザーバータンクとか、そういったフェイルセーフ機構はついてなかったのか！」

『その種の回路機構が働かないという理由で、安価だったと記録されています』

「タンクの中には宇宙船のキャビンみたいに、気密強化樹脂は吹きつけてないのかよ！」

『気密強化樹脂は水溶性の成分が含まれております。推進剤は重水ですので、内側からコーティングはできません』

「じゃあ外側から……」

そこまで言ってから、ヒロユキは自分がバカげたことを言っていることに気がついた。

「いや……真空にさらされると発泡して膨らむ樹脂を、宇宙船の外側に吹きつけるわけにはいかないよな……今の言葉は忘れてくれ」

『現在の旅客用宇宙船の安全基準は、推進剤タンクは気密エリア内に設置することになっておりますが、この船は古く、作業用ということで、そのへんは考慮されていません』

「ああ、安全性が考慮されていなかったってことは、いましっかりと経験させてもらっている……それよりも、推進機の再稼働はできないのか？　リカバリーする装置とか回路とか……」

『申しわけございません。そもそも推進機そのものの原理がよくわかっていない状態ですので、修理もリカバリーも、人類の技術レベルではいかんともしがたい状態でございます……』

ヒロユキは必死に考えをめぐらせていた。

――やばい、やばいぞ……こんなところで漂流かよ……いや、この宇宙船は、ずっと加速を続けてきたから、ここで推進機がぶっ壊れても、目的地のβ４３６７９までは慣性航行で行くことはできるはずだ。だが、問題は減速だ。小惑星の近くまで行ったら、推進機を逆噴射して減速し、相対速度をゼロにしなくちゃならない。でも、もう推進機は動かない……。

ヒロユキは顔を上げた。

「おい、ノーマン、この船を減速させることができるか？」

打てば響くように答えが返ってきた。

『緊急用の固形燃料ブースターを使用すれば、可能と思われます』

「固形燃料ブースター？　ああ、そういえばあったな、そんなのが……緊急キットの中に」

『固形燃料ですので、使い捨てで推進力は常に一定のため、コントロールはできませんが、複数のブースターを使用し、推進力の方向を変え、干渉させて減速時の微調整を行なうことで、着陸させることは可能と思われます』

「固形燃料ブースターで針路を変え、航路に向かうことはできるか？　航路まで行くことができれば、そこで救難信号を出して救助してもらえるんだが……」

『固形燃料ブースターを使用することで、慣性で進んでいる現在の針路を変更することは可能です。しかし、ベクトルを変更することで速度が落ちるため、長大な軌道を描いて航路に向かうことになります。航路到達までの所要時間は、短く見積もっても七十五時間。この船に搭載されている生命維持装置の酸素供給時間を超えます』

「いまから進路を変えても、航路にたどり着く前に、酸素切れで死ぬってことか……わかった。β４３６７９まで行けばなんとかなる……はずだ。今はとにかく、たどり着くことを最優先に考えよう。慣性航行でβ４３６７９まで、所要時間はどれくらいだ？」

『速度は現状のままですと、おおむね八時間ほどで付近まで到達しますが、慣性制御装置も停止しておりますので、減速を段階的に行なわねばなりません。減速に要する時間を考慮しますと、十二時間程度は必要だと思われます』

「十二時間か……予定より六時間以上遅れるってことを、ベースキャンプで待ってる佐々木とウォルターに伝えておいたほうがいいな……ノーマン、通信アプリを起動させてくれ」

『かしこまりました……起動しました。そのままお話しください』

宇宙船から目的地である小惑星β４３６７９までは、レーザー通信でも五秒ほどのタイムラグがあるため、リアルタイムのやり取りはできない。一方的に話して、相手の応答を待つ、というひと昔前のトランシーバーの通話のようなやりかたをするしかない。

「こちら、マーシャル号の木戸だ。推進剤タンクが破損したため、推進機がぶっ壊れた。この宇宙船はもうダメだ。それと会社もダメになったみたいだ。踏んだり蹴ったりだが、このまま漂流するわけにもいかないので、とりあえずそっちに向かう。オーバー」

話し終わってから十五秒ほどして、小惑星β４３６７９の作業現場にいる、同僚の佐々《さ さ》木《き》から返信があった。

『あー、了解、了解！　ニュースならこっちにもあるぞ。大ニュースだ！　急いで帰ってこい！　口で言うよりその目で見たほうが早い！　待ってるからな！』

佐々木の口調は、どう聞いても酔っ払っていた。佐々木の後ろで、調子はずれの英語の歌を歌っているのは、どうやら同僚のウォルターらしい。

「おい！　飲んでいるのか？　ウォルターもか？　なにやってんだよ！　こっちはとんでもない状況になっているんだぞ？　宇宙船がダメになっちまったんだ！　酒なんか飲んでる場合じゃねえんだ！　オーバー」

また十五秒ほど過ぎてから、再び返信があった。

『いや、悪いとは思ったが、飲まずにはいられないんだ！　最高だ！　いいから早く帰ってこい！　ビール全部飲んじまうぞ！　じゃあな！』

ろれつがまわらない口調でそう言うと、佐々木は一方的に通信を切った。

「おい！　なんだってんだ！　仕事中だぞ……といっても、仕事も会社ももうねえんだけどよ……とにかくビールなんか飲んでる場合じゃねえんだよ！　おい！　聞いてんのか！」

返答はない。

「……ったくもう！　バカじゃねえのか？　泣きっ面に蜂で、酒でも飲まなきゃやってられないのはこっちのほうだ！　くそ！　ノーマン！　減速用の固形燃料ブースターは、どこにあるんだ？　スイッチひとつで動かせるのか？」

『いえ、固形燃料ブースターは緊急用ですので、格納場所から取り出してセットする必要がございます。使用方法をこれより表示します。この手順に従って設置し、回路接続後に、安全装置を解除してください』

「わかった、表示してくれ……ああ、後部の倉庫の壁面に格納されているのか……設置には気密作業服が必須と……ああ、くそ、めんどくせえなあ」

　ノーマンが制御盤のメインモニターに表示した使用マニュアルを読んだヒロユキは、ぼやきながら気密作業服を着始めた。


　加速を中断して、慣性航法に切り替えたヒロユキの操縦するマーシャル号は、搭載されていた六本の固形燃料ブースターによって、無事に減速し、予定よりも六時間以上遅れて小惑星β４３６７９にたどり着いた。

　ヒロユキたちが寝泊まりしている作業用の宿舎《ベースキャンプ》は、小惑星の表面に生じた亀裂の縁に設置された、直径十メートルほどの半球形の建物だ。その内部は二階建てになっていて、一階に事務所や機材倉庫、エアロックなどの作業関連の設備が置かれ、ロフト状になった二階が、三人のパーソナルルームになっている。

　ベースキャンプの脇に立てられた小惑星のアンカーポールにマーシャル号を電磁アンカ

ーで係留したヒロユキは、小型宇宙船のエアロックを出てベースキャンプに向かった。

ベースキャンプの扉を開けて中に入ったヒロユキは、外部との扉がロックされているのを確認したあとで、ドアの脇にあるコントロールパネルを操作して、エアロックの中に人工大気を送りこんだ。

大気濃度が濃くなるにつれて、気密作業服のヘルメット越しに、かすかにエアロック内の警告音が聞こえてきた。やがて、エアロック内の大気圧を示す液晶表示の背景色が赤色から黄色、そして一気圧を示す緑色へと変わるのを待って、ヒロユキは気密作業服のヘルメットを脱いだ。エアロックの中の空気は、循環型バイオフィルターで濾過《ろか》されたことを示す、少しミント系の匂いがする。同じようなフィルターは天山3《テンシャン・スリー》でも使われているが、たった三人しかいない狭い空間の中では、消臭剤の匂いが強く残るのだろう。

ヘルメットを左脇に抱えて、エアロックから室内に通じる気密ドアを開けたそのとき、

『パパパパーン！　パンパカパーン！』

という、ゲームの中でカジノが大当たりした時に響く、聞き覚えのあるファンファーレが鳴り響いた。そしてそれと同時に、ヒロユキに向かって、紙吹雪と白い紙テープが何本も飛んできた。

コン！　と頭に当たった紙テープを手に取ったヒロユキは、それがトイレットペーパーを細く切って作ったものだということに気がついた。

「おい、無駄使いするなよ！　買い出しできなかったんだぞ！」

だが、目の前に立っていた二人の男は、声を荒らげたヒロユキの表情など気にもとめていないような、満面の笑顔で言った。

「買い出し？　ああ、気にすんな！　もう関係ねえ！　おれたちは大金持ちだぞ！」

手に持った缶ビールを掲げて、顔を真っ赤にして満面の笑みを浮かべている小太りの男が、同僚の佐々木《ささき》則行《のりゆき》。

「やりました！　大当たり！　大当たり！　ジャックポットデスネ！」

佐々木と並んで、これまた満面の笑顔で手に持ったスコッチウィスキーの小瓶を掲げて、これまた酔っ払っている大男が、ウォルター・ゴードン・ウィルソン。イギリス自治区出身の男だ。酔っ払って真っ赤になった顔と、縮れ毛の金髪とが組み合わさって、みごとな赤鬼と化している。どうやら、ヒロユキと通話してからの十二時間、〝飲んでは寝て、起きては飲んで〟を繰り返していたらしい。

二人の表情を見たヒロユキは、目を見開いた。

「大当たり……ってことは、まさか……」

佐々木はうなずいた。

「その、まさか、だ！　見つけたんだよ！　〝帝国の遺産〟を！」

「ああ、それもとびっきりの大物だ！」

「ウソだろ？　おれをからかっているんじゃないだろうな？」

「からかってなんかいるもんか！　モニターを見ろよ！　三番目のカメラだ。今日の昼ごろに、谷底をふさいでいた岩盤に開けようとしていた穴がついに貫通したんで、そこからカメラを入れてみたら、こいつが映ったんだ！」

そう言って佐々木が指さした壁面のモニターに映し出されていたのは、ライトが明らかに人工物と思われる、巨大な円筒形の物体を照らし出している光景だった。

ヒロユキは左手で抱えていた気密作業服のヘルメットを、ソファの上に投げ出すと、モニターに駆け寄った。

「なんだ、あれ！　もしかして宇宙船か？」

ウォルターは、つかつかとモニターの前に進み出ると、映しだされている映像の一部を指さして言った。

「よく見てクダサイ、ここのところデス。青く塗装されているのがわかりマスね。それと……ここデス。これはどう見ても砲塔デス。この船は戦闘艦。それも帝国の遺留物のマニュアルの中にあった、帝国軍の主力戦闘艦で、別名〝蒼き剣〟と呼ばれるヤツに間違いありマセン！」

「帝国の……戦闘艦だと？　マジかよ！　とんでもねえ！　歴史に名が残るぞ！　すげえ！」

興奮するヒロユキを見て、佐々木とウォルターは顔を見合わせて笑った。

「よし、ヒロユキ！　そんな気密作業服なんか、さっさと脱いで、おれたちと一緒に祝杯をあげようぜ！　おまえのぶんのビールは取ってておいてある！」

「わかった！」

そう答えて気密作業服を脱ぎ始めたヒロユキに、ウォルターが笑いながら言った。

「これで、あの、イヤなボスも、満足してくれるデショウネ。セクハラ、パワハラ常習犯の、イヤなオヤジでしたけど。こうやって宇宙に来させてくれたことについては、感謝してイマス」

気密作業服を脱ごうとしていたヒロユキは、はっとしたようにその手をとめ、顔を上げた。

「いけね！　それどころじゃない！　宇宙船の推進機がぶっ壊れた。おれたちには移動手段がなくなっちまったんだ！　そして、もうひとつ、おれたちの勤め先の丸十製作所、つぶれたらしいぞ」

こんどは、二人が驚く番だった。

「なんだと？　マジかよ！」

「宇宙船が動かせない上に、会社が倒産デスカ？」

驚く二人にヒロユキは答えた。

「ああ、宇宙船の推進機は、修理不能らしい。んでもって、会社のほうは、なんかよくわかんないんだけど、資産は全部、銀行から来た管財人とかいう肩書の弁護士が差し押さえていて、おれたちの生活費から何からいっさい振りこまれていない」

佐々木が顔をしかめた。

「銀行か……やつら貸付を回収するときは鬼みたいなものだからな……まあ、いい加減な経理をやってたうちの会社もどうしようもないんだけど……しかしタイミングが悪いなあ。このニュースが伝わっていれば、銀行も猶予してくれたかもしれないのに……」

「運が悪かったデスネ……」

ウォルターは眉をひそめてうなずいたあとで、ハッとしたように顔を上げた。

「ちょっと待ってクダサイ。今、木戸サンは、口座にお金が振りこまれていないって、言いましたヨネ？　じゃあ、買い出しは？」

ヒロユキは首を振った。

「ウォレット口座はすっからかんだ。何も買えやしない。地球との通話も、おれのポケットマネーを使った。おかげで、おれのウォレット口座もすっからかんだ。残金は推進剤を入れるのに使っちまった……そうしたら、センサーが故障してて、推進剤のタンクが破損していたのに気がつかないで、推進機の反応炉を焼きつかせちまって、そのままぶっ壊れた。減速するのに非常用の固形燃料ブースターを六本使って、やっとのことで止めたんだ。

もういちど飛ばすのは無理だ」

「マジかよ！　あのオンボロ宇宙船が、唯一の移動手段だったんだぞ？　このベースキャンプにある水や食い物は、もうほとんどストックがない……」

そこまで言ってから、自分の言葉の意味に気づいたのだろう、佐々木は真顔になった。

「やばい！　ビール飲んで浮かれている場合じゃない！　おれたち、このままここからどこにも行けないってことじゃないか！　島流しだ！　〝帝国の遺産〟を見つけたって、そいつを知らせることができなきゃ意味がない……」

そこまで言ってから佐々木は、はっと目を見開いた。

「でもよ、こっちからの定期的な連絡がなければ、会社の連中も、おれたちがのっぴきならないはめに陥ったってことに気がついてくれるんじゃないかな？」

ヒロユキは首を振った。

「いや、おそらくもう会社には誰もいない。おれたちがここで〝帝国の遺産〟を発掘しているってことを知っているのは、社長と経理のおばちゃんだけだ。おそらく二人とも債権者から逃げまわっているんじゃないかと思う……」

佐々木とヒロユキの会話を聞いていたウォルターが、両手のひらを二人に向けてゆっくりと言った。

「オーケイ！　リョウカイ！　確かに酒飲んでる場合じゃないデスネ。まずは酔いを覚ましましょう」

ウォルターはそう言うと、ロッカーの前に行って、中にある医療用キットから使い捨て〈無痛注射器《ディスポ》〉に入ったアルコール分解酵素を取り出した。

「こいつに〝ルシファー〟ってあだ名がついているのは、酔っ払って天国にいるような気分を、あっというまに現実に引き戻す……堕ちるからだって聞いたけど……まあ、そう言いたくなるのがよくわかる」

ウォルターから受け取った無痛注射器で、分解酵素を自分の二の腕に注射した佐々木が、ぼやくようにつぶやいた。

「さて、頭スッキリしたところで状況と情報を整理しまショウ。まず現在のわれわれの状況デス……アズサ！　メインモニターをホワイトボードに切り替えて、筆記を頼みマス」

『了解シマシタ』

ウォルターの言葉に、コンソールの上に置かれた汎用端末が、色気のある大人の女性の声で応えた。〝アズサ〟というのは、ウォルターの汎用端末にインストールされている電子人格のパーソナルネームだ。

「まず現在のわれわれにとって、もっとも重要なのは、生存に関する情報だ。アズサ。生命維持装置の状況はどうなっている？　酸素は何日分ある？」

『酸素としては十八日。水を電気分解することでさらに延ばせます』

アズサの声とともに、メインモニター上に、《酸素十八日》の文字が表示された。

「水は？　飲料水だけではなく大気の湿度保持分も含めてだ」

『飲料水レベルの水ならば二十日。野菜の水耕栽培キットの水を精製すれば、さらに十九日分延びます』

メインモニターに《水、二十〜三十九日》の文字。

「食料は？　必須カロリーベースで計算してくれ」

『通常の作業消費量で計算して十四日、最小限カロリーベースで四十八日です』

メインモニターに、《食料十四日》の文字。

「最小限カロリーベースってのは、どんな状況の場合だ？」

ヒロユキが聞くと、アズサではなくノーマンが答えた。

『消費カロリーを最小限に抑えるため、いっさい運動などをせず、救命カプセル内に横たわっている状態でございます』

「寝ていても痩せる、究極のダイエット法ってわけか」

「即身仏コースってやつだな。おれは御免こうむる」

食いしんぼうのヒロユキは、そう言って小さく身震いした。

メインモニターに表示された文字を見ていたヒロユキが、ノーマンに聞いた。

「つまり、水や食料、酸素などの消費ベースをそのまま維持した状態で、われわれが活動できる限界は十四日。だが、水を分解して酸素を供給したり、食料の消費を半分にした場合は、どれくらいに延ばせる？」

『不確定要素はございますが、二十八日間の生存は確実と思われます』

ノーマンの言葉とともにホワイトボードに、《二十八日》の文字が表示された。

「オーケイ。タイムリミットが明らかになりマシタ。われわれ三人が、この小惑星で生きられる時間は、二十八日というわけデスネ……」

ウォルターは、そこで言葉を切ると、真面目な顔で付け足した。

「生き残るのが一人でイイのなら、当然、この三倍生き延びることができますが、それは考慮しないほうが、おたがいのためデスネ」

「おいおい〝冷たい方程式〟は、やめてくれ。ただでさえ緊急事態だってのに、トラブルになりそうなことを持ちこむな」

思わず文句を言ったヒロユキを見て、ウォルターは弁解するように、慌てて答えた。

「いや、おたがいの意思を確認したかっただけデスネ。〝われわれはこの窮地を脱するために三人で協力する〟ということをネ」

二人の会話を聞いていた佐々木が、笑いながら言った。

「ヒロユキは、三人が協力し合うなんて重要なことは、言わなくてもわかっているだろうと考え、ウォルターは、三人が協力し合うという重要なことだからこそ口に出して確認しなければならない、と考えた。目的は同じだけど、アプローチのやりかたが違うだけだ」

「そう言われてみれば、そうだな。わざわざ口にしなくても……と考えちまうのは、日本人の悪い癖だ」

そう言って、頭を掻いたヒロユキを見て、ウォルターは小さく首を振った。

「いえいえ、仲間意識というか、運命共同体としての信頼で繋がることで、コミュニケーションに割くリソースをほかにまわせるぶん、日本的な組織運営方法にも利点はありますデスネ。阿吽《あうん》の呼吸というヤツデスネ……と、今は日本的組織論を論じている場合じゃありませんデシタ。この二十八日のタイムリミットまでのあいだに、何ができるか、を考えマショウ」

「目的はひとつだな。このβ43679からの脱出だ。とにかく航路まで出て、そこで救難信号を発信して救助を待つ。それしかない。そのために、何が必要なのかリストを作ろうぜ」

ヒロユキの言葉が終わるのと同時に、メインモニターに表示されていた、残り日数の画面が縮小され、サブウィンドウになって、画面の右上に表示された。

「まず、宇宙船……船体や、生命維持装置は使える。使えないのは推進機だ。使える推進機さえあれば、脱出は可能だな。あ、あと推進剤も必要だ。タンクの中は空っぽだからな」

ヒロユキの言葉と同時に、メインモニターに《推進機》《推進剤》の文字が表示された。

「推進剤は、普通の水が使える。軽水だから効率は悪いが推進力は得られるはずだ」

佐々木の言葉とともに、《代替推進剤・軽水》の文字が表示された。

ヒロユキと佐々木の会話を聞いていたウォルターが、にっこり笑って言った。

「つまり、われわれが今すぐやるべきことは、岩盤の下で見つけた、あの〝帝国の遺産〟を徹底的に調べることとデスネ。推進機を見つけ出せる可能性は、あそこにしかありませんカラ」

メインモニターに《〝帝国の遺産〟の捜索 目的・推進機》の文字が表示された。

ヒロユキたち三人は、おたがいの顔を見合わせて、小さくうなずいた。

「よし、そうと決まれば作業開始だ！」

「掘削機で穴を開けた岩盤の厚さはわかるか？」

「データは取れている。穴を広げるか、岩盤を破壊するか、それは岩質を確認してからだな」

「了解！」

三人はいっせいに動き始めた。

十分後、三人は小惑星の地表に生じた亀裂の底に立っていた。亀裂と言っても、惑星表面に開いている開口部の幅は三百メートルほどもあり、V字谷のように底のほうが狭くなっている。深さも二百メートルほどで、ちょっとした渓谷と変わらない。

今回穴を開けた岩盤は、蓋のように亀裂の最深部に覆いかぶさっており、その上に砂と岩が堆積していたため、最初はその下に空洞があることに気がつかなかった。学生時代に地質学を学んだ経歴を持つウォルターが、堆積物の量が亀裂に対して多すぎることに気づき、堆積物の下に何かが埋まっている可能性を主張したため、ここ最近は、谷底の堆積物を取り除く作業が続いていた。

ヒロユキは、足元に広がる岩盤に目を落としてつぶやいた。

『堆積物の下からこいつが出てきたと聞いて、最初はがっかりしたけど、まさかこの下に空間があったなんてな……この岩盤の厚さはどれくらいだ？』

掘削重機のリモコンを操作しながら佐々木が答えた。

『穴を開けたときのデータによると、岩盤の厚さはおよそ七十センチ。砂礫《されき》を含んだもろい岩質で、簡単に削れる……直径は一・五メートルくらいでいいか？』

『最初はそれくらいでいい。まずは、六十センチくらいに広げてくれ。探査ドローンを中に入れて、そいつで岩盤の下の空洞の大きさとか、宇宙船の全体像を確認しよう。それから、人間と照明器具を持ちこめるサイズに穴を広げて、ようすを見て、必要に応じて広げていけばいい』

『了解、作業開始。岩が飛ぶ可能性があるから、ガードバイザーを下ろしておいてくれ』

佐々木は、ウォルターとヒロユキがバイザーを下ろしたのを確認すると、手元のコントローラーを器用に操り、遠隔操作の掘削重機を動かし始めた。〝帝国の遺産〟である小型の高性能バッテリーを内蔵した掘削重機は、さほど大きくはないが、何本もの作業用アームを持ち、その先にさまざまなアタッチメントを取り付けることで、パワーショベルやフォークリフト、高所作業車の仕事もできるように作られている万能建設重機だ。今回は、削岩機として使用する。

佐々木は、メインアームに取り付けられている削岩機を岩盤に開けた穴の縁に当て、岩盤を削り出した。削岩機の先端に取り付けられた超硬金属のノミは、ガンガンと岩盤を砕き、みるみるうちに穴の周囲を削って広げていく。

やがて十分ほどで、穴の直径は六十センチほどに広がった。

『こんなもんでいいかな？　ドローンを入れるには充分だろう』

ウォルターは穴の近くまで行くと、そこにしゃがみこんで、穴の中を覗きこんで言った。

『結構な高さがありマス。状態を目視で確認したいのデスが、真っ暗デスね。光源が必要デス。ドローンを入れる前に、まずはライトアームを伸ばして、穴の中を照らしてくれませンか？』

『ほい、了解！』

佐々木はそう答えると、削岩機のアームの先端部に取り付けられている作業灯を点灯させた。

ウォルターの隣で暗い穴を覗きこんでいたヒロユキの視界の中を、作業灯に照らされた砂塵《さじん》が白い無数の小さな点となって舞うのが見えた。その乱舞する白い点の向こうに何かがあった。それは、明らかに人工物と思われる巨大な物体の一部だった。削られた岩盤の岩石や砂が白く積み上がったその周囲、光が闇に溶けこんでいくあたりに濃い青色が見える。

『本当だ。ウォルターの言うとおり、青いコーティングが見える……帝国の戦闘艦の可能性が高くなってきたな……よし、ドローンを入れてくれ』

『了解』

佐々木はそう言うと、ベースキャンプから持ってきた資材の中にあった小さなコンテナを開け、直径三十センチほどの球形のドローンを取り出した。中心部にセットされた小さなボンベに充塡されたガスで飛翔するタイプで、慣性をうまく使って消費するガスの量を抑えれば、小一時間は飛び続けることができる。

佐々木が穴の縁にドローンを置いて起動スイッチを押すと、ヒロユキの着ている気密作業服のバイザーの一角に、ドローンが撮影している画面が小さく表示された。

『ドローンとリンク取れているか？』

『ああ、こっちでは取れている』

『こっちもデス、映ってイマス』

ヒロユキとウォルターの返事を聞いた佐々木は、小さくうなずいた。

『よし、飛ばすぞ』

その言葉とともに、小さな画面の中で、映像がぐるんと動いた。

ヒロユキが手元のスイッチでその小さな画面を拡大表示させると、ヒロユキの視界は、ドローンのそれになった。

穴の中から岩盤の下の空間に入ったドローンの視界に映ったのは、白く砂埃をかぶった宇宙船の外殻らしいかまぼこ状の物体だった。砂埃の下に薄く、濃い青色が見える。

『こいつは……思ったよりでかいな……体育館の屋根の上を飛んでいるみたいだ』

佐々木はそうつぶやくと、ドローンの視点をまわした。岩盤の下の空間は、かなり広い。左右の壁面は、ドローンに搭載されているライトの明かりがかろうじて届くほどの距離だ。

ヒロユキの隣で、汎用端末に表示されているドローンが計測したデータを見ていたウォルターが言った。

『ドローン内蔵のセンサーで計測した内部空間の数値が出マシタ。結構広いデスネ。左右の幅は岩盤のすぐ下で百五十メートル。下に行くにしたがって徐々に狭くなってイマス。底面では約八十メートル。奥行きは……長いデスネ。五百メートル近くありマス。まあ地殻の裂け目だから、それくらいあっても不思議じゃありマセン……』

『宇宙船のサイズはわかるか？』

『今、計測中デスネ……直径はおよそ八十メートル。船殻は円筒状デスネ……』

『直径八十メートル？　すげえ大型船だな……おい、これって、砲塔じゃないのか？　どう見ても砲塔だ！』

ヒロユキは、ドローンが送ってきた映像を見て、思わず息を飲んだ。そこには、太い砲身を二本、ぬっと突き出した巨大な砲塔が映し出されていた。

『砲塔と決めつけるのはよくありマセン……とはいえ、これは確かに砲塔デスネ……同じものが船殻の左右からも突き出してイマス。これよりも小さな銃塔サイズのものが、船体外殻のあちこちに確認できマスネ』

『……ってことは、こいつはただの宇宙船じゃない。戦闘艦、それもとびっきりでっかいヤツ……つまり宇宙戦艦だってことだよな？　すげえ！　銀河帝国の宇宙戦艦かよ！　そんなモン、マンガやアニメの中にしか存在しねえと思っていたけど……本当にあったなんて！　信じられねえ！』

ヒロユキの声は上ずっていた。

それもそのはず。ヒロユキは自他共に認める戦艦マニアだった。

――宇宙戦艦だ！　ホンモノの宇宙戦艦だ！　古今東西、さまざまな物語に登場してきた宇宙戦艦は、当然、大きさもフォルムも異なれば、物語の中の役割も違う。だが〝宇宙戦艦〟という言葉の響き、その概念は同じだ！

えーい、くそ。難しい言葉も、持ってまわった言いかたもいらねえ！　要するにおれは、でっかくて強い船が好きだ！　本も読んだ、マンガも読んだ、映画も見たし、ゲームもやった！　横須賀まで何度も三笠を見にいった！

月の地下で、〝帝国の遺産〟が見つかって、太陽系に帝国の拠点があったと知ったとき、そして帝国のマニュアルが翻訳されて、帝国軍に宇宙艦隊が存在した事実が公表されたとき、おれは興奮して寝られなかった！

本当だ！　本当に宇宙艦隊があったんだ！　空想でも妄想でもない。現実に、おれが生きているこの世界のどこかに、宇宙艦隊があるんだ！　艦隊があるってことは、宇宙戦艦だって存在しているんだ！

それを知ったとき、おれは願った。この目で見たい！　本当の、本物の宇宙戦艦を！

一発逆転。一攫千金《いっかくせんきん》。一躍有名人。歴史に名を刻む……。

確かにそうだろう。小惑星帯にやってきた人間の目的はそういったものだろう。おれの心のなかには、確かにそういった欲望もある。だが、おれを宇宙に向かわせた本当の理由は、これだ！　この世界の、この宇宙のどこかにあるはずの宇宙戦艦を、この目で見る！

それがおれの願いだ！　そしてその願いは、いま、かなった！　くそ！　くそ！　すげえ！　あの主砲の口径は何センチあるんだ？　当然ビーム砲なんだよな？　なんであんなふうに砲身が伸びてるんだ？　すげえ！　かっこいいじゃねえか！

探査用ドローンの計測と映像による確認は、三十分ほどで終わった。穴の中から戻ってきたドローンを回収した佐々木が、推進用のガスボンベをはずしているその脇で、ヒロユキは端末の画面に表示された、佐々木がデータから3Dモデル化した宇宙戦艦の映像を食い入るように見つめていた。

岩盤の下にあったのは、直径およそ八十メートル、全長およそ三百五十メートルという超大型の宇宙船で、全体のフォルムは葉巻のような形をしていた。先端部から少し後方に、ブリッジと思われるシャッターが下りた窓。その後方の上部と底の対称の位置に一基ずつ、そして、さらに少し後方の左右対称部に同じ砲塔が一基ずつ、合計四基の砲塔。中央部にいくつかの銃塔らしきもの。そして船体後方にも前部と同様の配置で大型砲塔が四基ある。後部の噴出口らしい部分は覆われており、推進機の有無は外見からはわからない。

『一式陸攻の胴体みたいだな……』

立体画面の中でモデル図を動かしていたヒロユキのつぶやきを聞いたウォルターが、笑いながらうなずいた。

『確かに、言われてみればそうデスネ。ワタシもこれを見ながら、何かに似ているな……

と思っていたのデスヨ……木戸サンは、戦艦だけじゃなくて、ヒコーキも好きなんデスネ』

『戦艦ほど詳しくはないけど、ミリタリ関係はいちおうね……』

ヒロユキがそう答えたとき、佐々木の声が聞こえた。

『よし、いよいよ実地踏査だ。人と機材を入れるために岩盤の穴を広げるぞ、少し下がってくれ』

『ああ、了解……ついでに、生命維持装置の酸素カートリッジを交換しておこうぜ、あと三十分は持つけど。余裕を持っておいたほうがいい』

『それもそうだな。よし、交換し終わったら、作業開始だ！』

酸素カートリッジを交換し終えると、佐々木は、掘削重機の車体からアウトリガーを伸ばして、車体を安定させ、削岩機アームを伸ばして、岩盤に開けた穴の周囲を削って穴を広げ始めた。穴の直径が二メートルほどに広がると、削岩機のアームを折りたたんで格納し、入れ替わりに、先端部にフックの付いたクレーンアームを伸ばした。

『よし、このクレーンフックをリフトの代わりに使うぞ。ステップをクレーンフックに引っかけて、フックにつかまってくれ』

『了解！』

『了解しマシタ』

ヒロユキは、目の前に下りてきたフックに、四角いハシゴのようなステップアタッチメントを引っかけて、それに足をかけた。フックの反対側にはウォルターが、同じようにハシゴのアタッチメントに足をかけて、フックにつかまった。

『よし、準備オッケーだ。持ち上げてくれ』

『了解。重力が少ないから落っこちても、ダメージはたいしたことないかもしれないけど、しっかりつかまってろよ』

佐々木の言葉と同時に、ヒロユキとウォルターを吊るしたクレーンアームが持ち上がった。つかまっているクレーンのフックを通じて、ヒロユキの耳に掘削重機のモーター音の唸りが伝わってくる。

——真空の中では音は伝わらない。今、おれの耳に聞こえているこの音は、骨伝導の一種なんだろうな……。

ヒロユキがそんなことを考えているうちに、佐々木はアームを動かして、クレーンフックにつかまっているヒロユキとウォルターを穴の真上に持っていった。

『よし、下ろすぞ』

『了解！』

『了解デス』

二人が返事をすると、モーターの唸りとともに、ワイヤーが伸びて、二人がつかまっているフックが、ゆっくりと下がり始めた。足元に見える岩盤の穴を広げた時に崩れ落ちて積み上がっている岩の山まで、七、八メートルくらいだろうか。二人がつかまっているクレーンフックは、地球上のようにスルスルとは下りていかない。小惑星の地表は無重力というわけではないが、その引力は微弱であり、ゆっくりと揺れながら、穴の中に下りていく。

足が堆積した岩の上に着く感触を感じるのと同時に、ヒロユキは叫んだ。

『よしストップ！　足が岩の上に載った』

ヒロユキの言葉とともに、クレーンフックが、ガクンと止まった。ゆっくりと足をハシゴから堆積している岩の上に下ろすと、気密作業服のブーツの底で、岩がぐらりと動いた。

『おわっ！』

バランスを崩しそうになったヒロユキは、慌ててクレーンフックにつかまった。

『だいじょうぶか？』

『だいじょうぶだ。足を載せた岩が動いただけだ……』

心配そうに聞いてきた佐々木にそう言葉を返したあとで、ヒロユキはぐらついた足元の岩を避けて、その隣のひとまわり大きな岩の上に、ゆっくりと足を下ろした。そのまま体重をかけると、少し動いただけで止まった。こんどはだいじょうぶそうだ。

ウォルターも、同じようにおっかなびっくりで右足を伸ばし、堆積した岩の上に載せた。

そのままぐりぐりと気密服のブーツを動かして岩のすわりを確かめたあとで、ひょい、と飛び降りた。足元からスローモーションのようにゆっくりと砂塵が舞い上がるのが見えた。

ヒロユキは周囲を見まわした。気密作業服のヘルメットに備え付けのライトを点灯させているが、それでも視界は五メートルほどだ。白い砂埃が広がるその下に、青い塗料というか、コーティングが見える。ヒロユキの立っている場所を頂点にして、その左右は曲線を描いて闇の中に落ちこんでいる。

クレーンアームの作業灯の光が穴の上から差しこんでいるが、穴の縁で遮られて、穴の真下の三メートルほどをスポットライトのように照らし出しているだけだ。

ウォルターがしゃがみこんで、足元の白い砂埃を払うと、その下から、宇宙船の外殻らしい青いパネルが現われた。表面は平滑ではなく、少しザラザラしている。よく見ると、パネル全体が少し波打ったようにへこんでいる部分もある。

『どうやらこれは金属ではありマセンネ。セラミックでコーティングされているのかもしれマセン』

『なんか、思っていたのと違うな。船体の外殻表面が波打っている。こいつは、かなりポンコツっぽいぞ』

『五千年放置されてマスからネ。ボロボロになるのも無理ありマセン。問題は中身デス。なんとかして船内に入りたいデスネ』

『この空間は暗すぎるな……佐々木、照明器具を下ろしてくれ』

『わかった、拡散光源を下ろす』

佐々木は、そう言うと、二人がつかまって下りてきたクレーンフックを引き上げて、フックに半球形の光源ユニットを取り付けて下ろしてきた。

『二千個の高輝度LEDが貼り付けられたコイツなら、二百メートル先でも見えるだけの明るさがある。近距離で直視すると気密服のセンサーに影響が出るから、光源を直接見るなよ』

『了解！』

『了解しマシタ』

二人の返事を確認した佐々木は、コントローラーのキーを倒した。

『よし、スイッチオン！』

次の瞬間。ヒロユキたちの周囲に光が満ちた。そして、目に飛びこんできたのは、空洞の奥に向かって延々と続く宇宙船の船体と、巨大な二連装の砲塔だった。

ヒロユキとウォルターは、しばらく無言だった。

最初に口を開いたのはヒロユキだった。

『す……すげえ。こうやって真上に立つと、大きさがハンパじゃねえな……』

『船尾が見えマセンね。木星航路や火星航路の大型旅客用宇宙船並みの大きさデス。この大きさと、あの砲塔から見るに、間違いなくこいつは宇宙戦艦デスネ』

『だからそうだって言っているだろう？　宇宙戦艦以外のなにものでもねえって！』

ヒロユキはそう言い残すと、五十メートルほど先に見えている、巨大な連装砲塔に向かって歩き出した。その歩みは、ほんの数歩で早足から小走りになった。重力の軽い小惑星の上で走れば、当然、身体は跳ね上がる。

『木戸！　危ないデスヨ。どこに行くんデスカ？』

『あの砲塔だ！　近くに行って触ってみたいんだ！　だいじょうぶだ。すぐに戻ってくる！』

あわてるウォルターに、そう言い残してヒロユキは走った。

——戦艦だ！　戦艦だ！　誰のものでもない！　こいつは、おれの戦艦だ！　おれが見つけた、おれの宇宙戦艦だ！

走り出したヒロユキの身体は跳ね上がり、そして戦艦の外殻に降りる。それを三回ほど繰り返して、砲塔のすぐ手前に足がついた、その時——

ヒロユキの足元のブロックが、ガコン！　と、はずれた。

『え？　あ？　うわぁ！』

悲鳴のような声を上げて、ヒロユキは、戦艦の艦内に落ちていった。

3　正体と招待

　ヒロユキは、暗闇の中を落ち続けた。地球ならとっくに地面に叩きつけられているはずだが、重力の弱い小惑星の上ではそうではない。まるで風に舞う落ち葉のように、ゆっくりと落ちていく。その時、シュッ！　というガスの噴射音と共に、ヒロユキの背中を下から何かが、ぐいと押した。その噴射音はヒロユキが着用している気密作業服の自律式姿勢制御プログラムが作動し、背中に背負っているバックパックのバーニアの作動音だった。

　背中から落ちていたヒロユキの身体は、バーニアの推力で、くるりと起き上がってそのまま足のほうから、ゆっくりと着地した。気密作業服のヘルメットに付いているライトの明かりの中に、足元から舞い上がった白い砂埃が舞うのが見えた。

『おい！　だいじょうぶか！』

『ケガはありマセンか？　気密は？』

『だいじょうぶだ。気密も破れていない』

　インカムから流れてくる佐々木とウォルターの声に、そう返事をしてから、ヒロユキは真上を見上げた。

ヒロユキが立っている場所から、はるか上のほうにウォルターの気密作業服のライトが見えた。周囲は真っ暗で、距離感がつかめないが、五十メートル以上はあるだろう。

——地球上でこの高さから落ちたら、死んでいただろうな……小惑星で助かった。

そこまで考えてから、ヒロユキは気がついた。

——あれ？　そういえば、なんでこんな大きな空間が戦艦の船内にあるんだ？　ここは艦内のどのあたりになるんだ？　推進剤のタンクの中なのかな？　いや、それにしては大きすぎる。戦艦というのは戦うためのメカニズムが、艦内にぎっちり詰めこまれている。少なくとも地球上で造られた戦艦は、みんなそういう設計思想で造られている。異星人のテクノロジーで造られた宇宙戦艦は設計思想が違うのかもしれないが、そうだとしても、艦内にこんな大きな空間があるのは不自然だ。

ヒロユキは、ヘッドライトの光量を上げて周囲を見まわした。そこにはトンネルの中のような空間が広がっていた。トンネルと違うのは、円筒の中心に、太さ三メートルほどの太いシャフトのようなパイプが伸びており、そのパイプから、円筒の内側の壁面に沿って並ぶ丸く湾曲したフレームを支えるためのアームが何本も伸びていることだ。そこには戦艦に、いや、宇宙船につきものである、気密区画を構成する隔壁も、さまざまな配管も、機器のたぐいも何も存在せず、ただ、だだっ広い、がらんとした空間が広がっているだけだった。

ヒロユキは顔をあげて、自分のとなりに高さ一メートル、長さ二メートルほどの大きさのブロックがあるのに気づいた。

——なんだ？　このブロックは……。

ヒロユキは自分が落ちてきた穴を確認した。穴の型は長方形で、隣にあるブロックと同じだ。

——このブロックが宇宙戦艦の外殻の一部で、あそこから落ちたとすれば、あのすぐ後ろに主砲の砲塔があったはずだ。あの主砲がビーム砲だとしたら、エネルギーを砲身に送りこむパイプや機器があるはずだ。

だが、ヒロユキが暗闇の中を必死に目を凝《こ》らしても、それらしいものは見えない。砲塔の軸らしい小さな円盤のようなものが、うっすら見えるだけだ。

——そういえばあれと同じ砲塔が、真下にもあった。そっちなら、おれのヘッドライトの明かりでも充分届くはずだ。

ヒロユキは、ヘッドライトの光量を上げてあたりを見まわした。すると目の前に……頭上にある砲塔の真下あたりにも直径四メートルほど、高さ六十センチほどの円盤があった。どうやらそれが、あの大きな連装砲塔の基部らしい。

——もしかして、この中にあの巨大な連装砲から発射するビームのエネルギー発生装置があって、砲塔はひとつずつ独立して運用されていたのか？　いや、そこまで小型化できているとしたら、こんな無駄な空間は必要ない。敵にさらすシルエットは小さければ小さいほど有利という事実は変わらないはずだ……この戦艦の構造は、どうなっているんだ？

ヒロユキがそこまで考えたとき、頭の上から光るものが下りてきた。それは、岩盤の下の空間と、宇宙戦艦の外部を調査するときに飛ばしたのと同じ探査用ドローンのセンサーカメラの照明ライトだった。

インカムからウォルターの声が流れてきた。

『ドローンを入れマシタ。艦内を探査しているあいだに、わたしが小型のウィンチをベースキャンプから持ってきマス。それで引き上げますので、少し待ってクダサイ』

『了解。おまえがウィンチを持ってくるのを、何もしないでボーッと待ってるのもなんだ、それまで艦内を調べてみるよ』

『わかりマシタ。どんなスーパーテクノロジーの品物が転がっているかわかりマセン。へたにイジラないようにしてクダサイ』

『了解、気をつけるよ』

ヒロユキはウォルターにそう言い返すと、腕に取り付けてある汎用端末を起動して、気密作業服のバッテリーと生命維持装置の酸素カートリッジの供給時間を確認したあとで、宇宙戦艦の艦内を艦尾方向に向かって歩き始めた。

十メートル前方を、ドローンの明かりがふわふわと飛んでいくのが見える。見える範囲内に隔壁らしいものはなく、トンネルのような円筒形の空洞と、その中心部を通るシャフトのようなパイプがあるだけだ。

——あのパイプはなんだろう？　外殻を支える骨組みとして機能していることは間違いないが、それ以外に目的があるのだろうか……おわっ！

頭上にあるシャフトのような構造物を見上げて歩いていたヒロユキは、足元にあった何かに足を引っかけて転びそうになったが、バランスを崩すのとほぼ同時に、気密作業服の両肩のところにある姿勢制御用の噴射口からガスが噴射され、顔から倒れそうになったヒロユキの身体を支えてもとの姿勢に戻した。

気密作業服のヘルメットの中で、ふうっと安堵のため息をついたヒロユキは、足元に視線を落とした。

そこには、直径五ミリほどのワイヤーのようなものが張られていた。どうやらそれに足を引っかけたらしい。よく見ると、底面だけではなく、側壁のあちこちにも、同じようなワイヤーが張られており、切れて垂れ下がっているものも何本か見える。

——なんだ？　このワイヤーみたいなものは……ブービートラップの起爆ワイヤーじゃないよな？　信管に繋がっていて、炸薬が、ドカン！　と爆発して散弾が飛んでくる……なんてのは、ゴメンだぞ……。

ヒロユキは用心しながら壁面に張られたワイヤーをたどった。しばらくするとワイヤーの伸びた先に、直径二メートルほどの円盤を発見した。ワイヤーはその中に入っている。

——こいつは、主砲の基部にあった円盤をそのまま小さくしたような感じだな……この中にはいったい何が入っているんだ？　それにこのワイヤーの目的はなんだ？　わけがわからないものだらけだな……。

ヒロユキがそう考えたとき、佐々木の声がインカムから流れた。

『ドローンを艦尾まで飛ばしたんだが……ヒロユキ、おまえにはちょっとショックなことがわかった……この戦艦は、どうやらハリボテらしい』

『ハリボテ？　どういう意味だ！』

『外殻だけあって、内部に推進機もエネルギー供給用の動力炉も、何もないんだ。あるのは、中心にあるシャフトのようなものだけだ。もしかしたら、こいつは囮《デコイ》みたいなものかもしれない』

『なんだって？　ウソだろ？』

——ウソだと言ってくれ！

その言葉を飲みこんだヒロユキの心の内を察したのだろう、佐々木の口調が変わった。

『戦艦マニアのおまえの気持はよくわかる。だけどな、現実は現実だ。思考停止するな。そもそもおれたちがこの船を調べているのは、推進機を探し出すためだってことを忘れないでくれ』

『それは……』

わかっている……と言おうとして、ヒロユキは自分が、肝心の推進機探しをすっかり忘れていたのに気がついた。

『あ、いや……確かに佐々木の言うとおりだ……おれは舞い上がっていたな……うん』

ヒロユキが、そう答えたとき、ウォルターの声がした。

『ウィンチを持ってきマシタ。いちどベースキャンプに戻って、情報を整理しまセンカ？岩盤の内部も戦艦の中も広そうデスし、一回の探査で推進機を見つけるのは無理だと思いマス。エリアを区切って、計画的に集中して探しまショウ……』

『わかった。落ちた穴の下まで戻る。いったんベースキャンプに戻ろう』

ヒロユキはそう答えると、まわれ右をして、落ちた穴の下に向かって歩き始めた。


ベースキャンプに戻って気密作業服を脱いだ三人は、シャワールームに向かい、五百ミリリットルほどの少量の水と超音波を使ったシャワーを浴びて汗を流した。細かい霧状になって、肌を濡らした使用済みの水は吸引され、濾過《ろか》されて水耕栽培プラントにまわされるシステムになっている。シャワールームを出た三人は、いつものように高機能インナーを着こんで、共有スペースに置かれたソファや椅子にすわった。

最初に口を開いたのは、執務端末の前にある椅子の上であぐらをかいている佐々木だった。フルリクライニングするこの椅子は佐々木の愛用品で、作業をしないときは、ほとんどこの椅子の上で過ごしている。

「よし、じゃあ、現在の時点で判明した情報をまとめてみよう。まずはドローンが超音波センサーで計測したデータをもとにして作った3Dモデルだ。こいつはさっき現場で作った簡易モデルじゃなくて、精密モデルだ」

佐々木の言葉が終わるのと同時に、壁面に設置されているメインモニターに、岩盤で蓋をされている裂け目の内部のCG映像が映し出された。

「こいつは岩盤の下の空間を飛ばしたドローンの計測結果をもとに作った映像だ。縮小、拡大、回転が自由にできる。この空間の断面は下が狭まった台形をしている。真ん中にある赤い葉巻型のものが宇宙戦艦。見てのとおり、この宇宙戦艦は、ちゃんとした船台のようなものの上に置かれているのがわかる。それと、船台の周囲に、いくつか長方形のコンテナのようなものが見える。このことから、この裂け目は、宇宙戦艦を捨てるために選ばれたのではなく、宇宙戦艦を格納するための施設だったと考えたほうがいいだろう。だとすると、望みはある。整備をするための交換部品などが残っている可能性が高い」

佐々木の言葉を聞いていたヒロユキは、あることに気がついた。

「ちょっと待ってくれ。あの岩盤の下が、宇宙戦艦の格納庫だとしたら、あの戦艦は出入りできるってことだよな？　どうやって外に出るんだ？」

　手元の汎用端末で、格納庫内部の3Dモデルの図形を拡大して、視点を変えてぐりぐり動かしていたウォルターが、天井のように塞いでいる岩盤の一角を拡大して答えた。

「どうやらこの岩盤は、開閉式みたいデスョ。ここのところに見えている突起物を見てクダサイ。これは岩盤を支えているアームだと思うのデスが、壁面との接触部分が丸くなっていマス。ここが、いわゆる蝶番《ちょうつがい》のようになっているのではないかと思うのデス。蓋の役目をしている岩盤の上に堆積していた岩や砂は、長い時間のあいだに、両側の崖が崩落して岩盤の上に降り積もったものと思われマス」

「じゃあ、上に積もっている岩や砂をかき分けて、岩盤が、こう、がばっと開いて、あの戦艦が、ずずずずぉおおおーっと発進するってわけか？」

「そう考えるのが合理的デスネ」

「すげえ！　男のロマンだ！」

　興奮するヒロユキを見て、佐々木は苦笑いを浮かべて言った。

「予想どおりの反応だな……おれとしては、ここにそういうギミックがあるということは、あの宇宙戦艦には推進機があって、自力で航行できる構造になっている、という推測に興奮したいね。さて、次はその宇宙戦艦の艦内のようすだ」

　佐々木の言葉が終わるのと同時に、メインモニターに宇宙戦艦の内部構造が大写しになった。

「こいつが、あの宇宙戦艦の内部構造だ。葉巻型の外殻は厚さ約一メートルのセラミック状の材質で作られたブロックを組み合わせて作られている。その内部はほとんど空洞で、中心部に一本シャフトというか、軸のようなものがあって、それを中心にして支持架と思われるバーが等間隔に上下左右対称に伸びて、シャフトと外殻を支えあっている。まあ魚の骨をイメージすればわかりやすいだろうな」

映像を見ていたウォルターが聞いた。

「シャフトが艦尾のほうで太くなってマスネ。あそこはどうなっているんデスカ?」

ウォルターの言うとおり、艦内の中央を通っているシャフトの艦尾の部分が、ワインボトルのように太くなっている。

「外見からではわからない。しかし、宇宙船の構造から考えれば、あの部分に推進機と推進剤のタンク、そしてコントロールルームがあると考えるのが妥当だろう……」

佐々木はそこで言葉を切ったあとで、端末を操作しながら言葉を続けた。

〈これから先はおれの想像だが、この構造を見ていて、ひとつの可能性を連想した。この宇宙戦艦の外殻を全部はずして、中身だけにすると、こんな感じになる〉

メインモニターに表示されていた宇宙戦艦のCGから、外殻や主砲などが消えて、シャフトと外殻を支えていた支持架だけになった。

「そして、コイツに、この戦艦が置かれていた船台の周りにあった、コンテナをくっつけてみると、こんな形になる」

佐々木の言葉が終わるのと同時に、シャフトから伸びる支持架にコンテナがセットされた。

「エンジンや操船するブリッジは船尾に集中していて、それ以外のスペースはすべて船倉になっている。地球の海に浮かんでいる貨物船と同じ設計思想だ。この構造が、あのシャフトと支持架をいちばん合理的に説明できる」

佐々木の言葉を聞いていたヒロユキが答えた。

「あの宇宙戦艦の正体が、おまえの言うとおりコンテナ貨物船だとしても、なんで、わざわざ、あんなふうに外見を戦艦にする必要があったんだ?」

ヒロユキの質問に答えたのはウォルターだった。

「その質問には、わたしが答えまショウ。今までに発見された帝国の文書などから、この太陽系に配属されていた部隊は、きわめて小規模のもので、帝国と敵対していた〝竜族〟という種族に対し、領土権を主張するために派遣されていたことが判明してイマス。敵に、こちらの戦力を大きく見せて抑止力にするのは、セオリーデスネ。ココから先はわたしの想像ですが、この輸送船をダミーの戦艦に改造するキットがあったのではナイカ、と思いマスネ。現地改造にしては手ぎわがよすぎマス」

ヒロユキは、つぶやいた。

「そうか……外見は貨物船だけど実は戦闘艦で、無警戒で近づいてきた敵の船を攻撃する仮装巡洋艦というのが、昔の戦争で使われたんだけど。こいつは逆だな。いわば仮装輸送艦ってやつかな……いずれにせよ本物の宇宙戦艦じゃないということか……はあ……」

がっかりした顔で、ため息をついたヒロユキを見て、ウォルターはなだめるように言った。

「デモ、見た目はバッチリ宇宙戦艦ですカラネ。きっとイイ値で売れマスヨ」

「ハリボテだぞ？」

佐々木が笑いながら言った。

「確かにハリボテだ。だがこの中身がちゃんとした輸送船だとしたら、人類が初めて手に入れた帝国の宇宙船ってことになる。今まで発見されたのは、推進機とか、バッテリーなんかの交換部品と、日用品や建材などのゴミだけで、一隻まるごとの宇宙船はまだいちども見つかっていない。きっとすごいニュースになるだろうな……そしてすごい金になる。つまり、おれたちがこれを発見したってことは、地球連邦政府の法律の及ぶ航路内に入るまで誰にも知られちゃいけないってことだ。航路外の小惑星帯は、一攫千金《いっかくせんきん》を追い求めるハイエナだらけの無法地帯だからな……」

ヒロユキは、はっと目を見開いた。

「そうか……そうだよな……すっかり忘れていた」

「いずれにしろ、無事にココを脱出できてカラの話デスネ。推進機を見つけることが最優先デス。まずはコンテナ、そこになかったら、シャフトの後部の膨らんでる部分デスネ」

佐々木は、メインモニターを時間割の表に切り替えて言った。

「作業効率を考えれば、常に三人同時に動くんじゃなくて、シフト制にしたほうがいいと思うんだ。二人が作業して一人は常にベースキャンプに待機して、代謝を抑えるために寝ていることにすれば、酸素や水の消費を抑えることができる」

ヒロユキはうなずいた。

「そうだな……何かあったときのために常に二人で作業。残りの一人は待機。酸素カートリッジの交換を二時間ごとにやらなくちゃいけないから、そのタイミングで交代すればいい」

「よし、じゃあシフト表とエリアを区割りして、どこまで探したかひと目でわかるように図面化した工程表を作ろう」

佐々木はそう言うと、汎用端末を操作し始めた。

次の日から三人はシフトを組んで、工程表に合わせて格納庫の中の探索に入った。そして二時間ごとの交代で作業を始めて六時間。二回の休憩を挟んで、三回目の休憩の寸前だった。

この日に始めた船台の周りに置かれていたコンテナ内部の探索は、どれも空振りで、中身がなかったり、見るからにゴミのようなものが詰まっているだけで、これと言ってめぼしいものが見当たらず、今日一日の作業が無駄だったのかも……とヒロユキが考え始めていたそのとき、ウォルターの声がインカムから流れた。

『木戸サン！　ちょっと来てクダサイ。妙な物を見つけマシタ』

『妙な物？　推進機じゃないのか？』

『はい、明らかに推進機ではありマセン……動力源だとは思うのデスガ……』

ウォルターが指さしたのは、船台から少し離れた壁ぎわに、ぽつんと置かれていた箱だった。箱の中を覗きこむと、そこに、小型の自家発電装置のような四角いフレームに収まった、直径六十センチ、長さ八十センチほどの円筒形の機械のような物があった。

『なんだ、これ、発電機……いや、モーターみたいな形だな』

ヒロユキの言葉を聞いたウォルターは、その機械のようなものの反対側を指さした。

『もしかしたら、本当にモーターかもしれマセン。回転していマス』

『え？　回転？』

慌てて反対側にまわりこんだヒロユキは、その機械の端に付いている円盤が、時計の秒針ほどの速度でゆっくりまわっていることに気がついた。

『本当だ……まわってる……スイッチか何か触ったのか？』

ウォルターは首を振った。

『いえ、何もしていマセン。見たときから回転していマシタ……』

ヒロユキとウォルターは顔を見合わせた。

『どこかに電源とかの動力ケーブルがあるのかな？』

『見たところ、それらしいものは見当たりマセンガ……』

『とにかく箱から出してみよう。そっちを持ってくれ』

『わかりマシタ……』

ヒロユキとウォルターは、そのモーターのような機械の外側にあるフレームをつかんで、箱から出そうとした。だが、フレームは予想よりもはるかに重く、まるで地面に張り付いたように、ピクリとも動かなかった。

『なんだよ、これ！　なんでこんなに重いんだ？　ここは小惑星だぞ？』

『重力が地球の十分の一以下の小惑星で、これだけ重いというコトは、これはとんでもない質量のカタマリだってことデスネ……』

『どうする？』

『次のシフトで作業に入る佐々木サンに、パワーアシストフレームを持ってきてもらって、それで運んでもらいマショウ。あの外骨格フレームなら地球上で二トンまで持ち上げられマス』

『ああ、それがいいかもしれないな。人力じゃ無理だ』

ウォルターは、ヒロユキの言葉に答えず、じっと考えこんでいた。

『どうした？　何か気になることでもあるのか？』

『ええ……もしかしたら、このモーターは、ずっとまわり続けていたんじゃなイカ……って考えたのデスヨ』

『ずっと……って、五千年前からか？　まさか、そんなこと……永久機関じゃあるまいし……』

ヒロユキは笑った。だが、それは笑いごとではなかった。

次のシフトで佐々木がパワーフレームを使って持ち上げたその機械は、どことも繋がっていなかった。つまりエネルギー源をどこからも供給されることなく、まわり続けていたのだ。

作業を終えてベースキャンプに戻ってきた二人から、そのことを聞いたヒロユキは、目を丸くした。

「本物の永久機関なのか？　すげえ！　とんでもないシロモノじゃないか！」

気密作業服を脱いだ佐々木は、当惑したような表情でうなずいた。

「永久機関かどうかわからないが、電源などの外部供給もいっさいない状態で、まわっていることは間違いない。箱の中の状況から見て、あのモーターは、あそこに入れられたときからずっとまわり続けていた、と見るのが妥当だろう」

「五千年以上、外部からのエネルギーが無供給でまわり続けるモーターデスカ……そんなの反則デスネ」

「反則だろうがなんだろうが、存在しているんだから仕方ない。それと、いろいろ調べてみたんだが、驚くのはもうひとつ、こいつの軸出力だ。はっきりいって化物だ。回転速度は早くないが、そのトルクがすごい。手持ちの計測器で測ったら計測不能と出た。回転軸に付いている円盤の縁に細かい溝が掘られているので、おそらくコイツは歯車のようなものだと思うが、これにチェーンとかベルトを繋いで回転力を取り出すことができるんだと思う……」

佐々木はそこまで言ってから、少し困ったような表情で言葉を続けた。

「……このモーターみたいな機械の一部に、取りはずせそうなフタがあったんで、はずして中を見たんだが……中には、なんというか……硬い岩みたいなものが詰まっているだけで部品みたいなものは何もないんだ……」

「では、この回転エネルギーは、どこから出ているのデスカ？　その岩みたいな物がエネルギーの供給源なのデスカ？」

佐々木は、小さくうなずいたあとで、頭を掻きむしった。

「ああ、そうだ。これからおれが言うことは、おれの仮説だ。馬鹿げているように聞こえるかもしれないが。そう考えると、このモーターの理屈がとおる」

「もったいぶるなよ。なんだ？　その仮説って……」

佐々木は、少しためらっあとでゆっくりと口を開いた。

「もしかしたら、こいつは、すげえ強力な靭性《じんせい》物体なのかもしれない……という仮説だ」

「じんせい……物体？　なんだそれ？」

「なんと言えばいいかな……要するにゴムみたいなものだ」

「ゴム？　ゴムってあれか？　伸びたり縮んだりする柔らかい……輪ゴムとか自動車のタイヤとかに使う……」

「そこで、コンドームという品物の名前が出てこないトコロが、木戸サンらしいデス」

「うるせえ！　おまえと違って、こっちは彼女なんかいねえ……いたこともねえんだ！　放っとけ！」

「まあ、とにかく、こいつの中には、ゴムみたいに捻れるともとに戻ろうとする物体……それの超強力なヤツが詰めこまれていて、ゆっくりともとに戻ろうとしているんじゃないか、と考えたんだ。この小ささで、これだけの質量を持った物質……たとえば地球の地殻にあるマントルみたいな物質を、とんでもない力で捻ったあと、この容器に詰めこんで、そいつがもとの形に戻ろうとする力を、回転力として取り出しているんじゃないか……とね」

「なんか……とんでもない仮説だな。冗談としか思えない」

佐々木は笑った。

「そうだろうな。おれもそう思う。でもそう考えると、このシロモノの原理とか、作用とかがピッタリ当てはまるんだ……とにかく、とんでもないお宝であることは間違いない」

「あとは、なんとしてでもココを脱出して、生還するコトですね。そのためには、やはり推進機を見つけないとイケマセン」

「こいつじゃ推進機にならないか……」

「ここが地球上なら、スクリューやプロペラをつければ立派な推進機になりマスけど、宇宙空間では、回転力は、そのまま推進力に変換できマセンからね」

ウォルターはそう言うと、すわっていたソファから立ち上がった。

「さて、残り日数は二十五日デス。明日は、戦艦の内部の捜索デスネ。とりあえず食事にしまショウ。シェイクスピアも言ってイマス——〝腹が減っては戦はできぬ〟ト……」

「シェイクスピアは、そんなこと言ってねえだろ」

「でも、真理デス。さて、今日の食事当番はわたしデスネ」

ウォルターはそう言うと、凍結乾燥された食材を調理器にセットし始めた。

「限りある食材を食い延ばすために、カロリー優先でセットしました。繊維質とタンパク質は規定量補給できるはずデス……マズいのは我慢デスネ」

「イギリス人がまずいと言うんだから、折り紙つきなんだろうな……」

「ヒドイことを言われていますが、わたしも日本に来るマデ、自分の国の食事がマズいとは思っていませんデシタ。要は慣れデス」

そう言ってウォルターが作った食事は、キャベツや白菜のような葉物野菜と、ソーセージを切ったものを茹でて、タレのようなものをかけたものと、クラッカー三枚、そして脱脂粉乳にココアを混ぜたもの、の三種類だった。

タレのかかった野菜を食ったヒロユキは、口の中から鼻に抜ける匂いに、思わず息が詰まった。それは想像を超えていた。

「この、上からかかってるヤツ……もしかしてメイプルシロップか？」

「はい、糖分によって食事全体のカロリーを補塡するために使いマシタ」

「そのまま使うな！　少し、酢と醬油を入れて、甘酢っぽくすれば、もっとうまくなる。あと、この、むせるような乾燥野菜の匂いも、ごま油一滴垂らせばごまかせるはずだぞ？　よこせ！　おれが味付けしなおしてやる！」

「調味料にも限りがありマス、なるべく無駄使いはしないホウが……」

「そりゃあ、たしかに食欲がなくなれば、食い物の消費は減るだろうけど、まずいメシはテンションとかモチベーションとかも減るんだよ！　ほかになんの楽しみもない、こんな場所で唯一の楽しみはメシを食うことだ！　おれから楽しみを奪うな！」

ヒロユキが味付けしなおした料理を食べたウォルターは目を丸くした。

「別物デスネ……やはり、彼女もいない、友達もいない、何も楽しみがない、というヒトリモノ生活が長いと、料理のスキルが上がるんデスネ」

「うるせえ！　黙って食え！」

二人のやり取りを聞きながら、汎用端末をいじっていた佐々木が、ポツリと言った。

「いま食材の残量を確認していたんだが……こんなふうに食事のたびに違う献立で料理をつくると、残量の計算が難しくなるな……現存の食材を素材ごとに均等割りにして、共通の一次製品を作って、食うときはそれを組み合わせる、というやりかたにしたほうがいいかもしれない」

「それって……食材を全部ぶちこんだ、雑炊みたいなのを作って、ずっとそれを食うってことか？」

「まあ、それに近いな……食い物にうるさいヒロユキには辛いだろうが、生き延びるためだ、我慢してくれ」

「そうです。食事に必要なのは、栄養素と満腹感デスヨ」

「それだけで充分だという価値観は、受け入れたくねえけど……まあ仕方ねえな、無事に脱出できるまでの辛抱か……」

ヒロユキは、ため息をついた。

次の日から、宇宙戦艦の内部の探索が始まった。探索先は、戦艦の中央に通っているシャフトの艦尾部分の膨らみである。シャフトの直径は約三メートルだが、艦尾の部分だけ直径六メートルほどに太くなっている。この戦艦が、佐々木の言うとおり、コンテナ貨物船改造のダミーだとすると、この部分にコントロールシステムと機関部があると考えるのが合理的だ。

佐々木は、ヒロユキが落っこちた宇宙戦艦の外殻の穴の真上の位置に汎用掘削機を移動させて、岩盤に穴を開け、クレーンアームを伸ばして、ヒロユキをシャフト部の真上に下ろした。

シャフトの上部には、幅一メートルほどの板が敷かれたキャットウォークのようなものが作られており、その上を歩けるようになっていた。

『だいじょうぶか？　劣化して破損している可能性もある。気をつけろ』

『了解だ……このまま艦尾まで行く。何かあったら、連絡を入れる』

『了解。こっちもそっちのカメラの映像をモニターしている。何かあったらすぐフォローに行く』

佐々木の声を聞きながら、ヒロユキはシャフトの上部に敷かれた板の上をゆっくりと艦尾に向かって歩き始めた。

足元に敷かれた板は、帝国が建材や部品に使用している金属でもプラスチックでもない素材で作られている。分析した結果、セラミックの一種らしい、ということしかわかっていない。セラミックでありながら、まるで鉄板のように溶接されている部分がいくつもあり、いったいどのような方法で溶融温度まで熱を加えるのか、まったくわからない謎の素材だ。

艦尾方向に百メートルほど歩いたとき、ヒロユキの目の前に、今まで歩いてきた板を三枚分広げた、四畳半ほどの広さの正方形のスペースが現われた。

『なんか広くなってるな……なんでだろう?』

『中央のパネルを見てくれ。開閉式になってないか?』

『わかった、調べてみる……』

ヒロユキはそう答えると、その場にしゃがみこんで、中央のパネルを眺めた。パネルの表面は滑らかで、取っ手のようなものも、ヒンジのようなものも見当たらない。

『ハッチのように開くのかと思ったけど、手をかけるような物は見当たらないぞ?』

『もしかしたら、格納式になっているのかもしれない。触って確認してみてくれ』

『わかった……』

ヒロユキはそう言うと、パネルに手を伸ばした。長い年月のあいだに降り積もった砂埃が、手袋を通してザラッとした感触を伝えてくる。パネルの上を触りまくっていたヒロユキの指が、パネルのど真ん中に積もった砂に触れたとき、その部分の砂の中に指が潜りこんだ。

――ここがへこんでいるみたいだな。

そこは、直径八センチほどの円形のかなり深いへこみで、砂が厚く詰まっている。五セ
ンチほど掘ったとき、砂を掻き出していた手袋の指がへこみの底のほうに、突起らしいも
のを探り当てた。

『中央のパネルのど真ん中にへこみがあって、その中にボタンのようなものがある……ど
うする？』

佐々木の答えはあっさりしたものだった。

『そうだな……とりあえず押してみろ』

『だいじょうぶなのかよ！』

『おまえがいるそのプレートは、明らかに人が歩くためのものだ。へこんだ底の部分にボ
タンがあるってことは、間違って踏んでもスイッチが入らないように設計されている。つ
まり手で押すためのもの、ってわけだ。そのパネルの下にシャフトに入る出入り口があっ
て、そこから船内に入れるかもしれない。試す価値はある』

『わかった、やってみる』

ヒロユキは、穴の中に詰まっていた砂を掻き出せるだけ掻き出すと、穴の底にあったボタンを押した。だが、ボタンは動かない。

——あれ？

ヒロユキは、かなり力をこめたが、ボタンはピクリとも動かない。

——これ、本当にボタンなのかな？　何かのボルトなんじゃないか？　ボルトをボタンと思いこんで一生懸命押しているとしたら、実に恥ずかしいな……。

そんなことを考えながら、ヒロユキが、もういちど力をこめた、そのとき——。

ガキン！　と音がして、ボタンが引っこんだ。そしてそれと同時にヒロユキが立っているパネルから足を伝わって、小さな振動と、キリキリキリ……という音が伝わってきた。

『動いた！　なんかよくわかんないけど、ボタンを押したら、動き出した！』

『すげえな、五千年間放置されていて動くシステムがあるのか……あ、待てよ……あるじゃないか！　あのゴム動力モーターだ！　あいつはまわってた！　ということは、この船のシステムは、生きていてもおかしくない！』

インカムから佐々木の言葉が流れるのと、ヒロユキがボタンを押した中央のパネルが、ガコン！　と下に落ちるのは同時だった。

『パネルが動いた！』

『ああ、こっちでも確認した……』

キリキリキリ……という音はまだ続いている。

ヒロユキの見ている前で、下に落ちたパネルがゆっくりとスライドして、艦尾側のパネルの下にずれていく。やがて、パネルの下から円形のハッチのようなものが見え始めた。

『ハッチがある！　船内に入れそうだぞ！』

『ああ、こっちでもモニターしている。ハッチはどうだ？　開きそうか？』

『待ってくれ……あれ？　これも、レバーや取っ手みたいなものが付いてない。全体に、のぺっとしていて、円形に少し盛り上がっているだけだ』

ヒロユキの気密作業服のカメラが送ってくる映像をモニターで拡大して見ていた佐々木は、その円形に盛り上がっているハッチらしい直径一メートルほどの円盤の真ん中に、直径十センチくらいの周囲と色が違っている丸い部分があるのに気がついた。

『ヒロユキ、真ん中だ。少し色が違う。おそらくハッチのど真ん中に、スイッチのようなものがあるはずだ！　さっきのパネルと一緒だよ。帝国の設計は、全部真ん中に開閉スイッチがあるんだと思う』

ヒロユキは、佐々木の言葉のとおり、丸いハッチの中心部に手を伸ばした。確かにその部分だけ微妙に色が違う。

――普通、スイッチなら、目立つように周囲と色や形状を変える、というのが常識だけど、こいつを作ったのは異星人だ。地球の常識で〝ありえない〟とか〝間違っている〟と判断するほうが間違いないんだよな……。

ヒロユキはそんなことを考えながら、ハッチと思われる円盤の真ん中に手を伸ばした。真ん中の色が微妙に違う部分を押すと、さっき押しこむのに苦労したパネルのボタンとは正反対の滑らかさで、すうっと沈みこんでいく。三センチほど押し込んだところで、カチッと何かロックがはずれたような感触が指先から伝わってきて、それと同時にスイッチの真ん中部分が横一本のハンドルバーのように突き出してきた。

ヒロユキが反射的にそのバーをつかむと、ハッチ状の直径一メートルほどの円盤がゆっくりと沈みこみ始めた。

『うわ！　動いた！』

ヒロユキが慌てて握っていた手を離すと、ハッチは三十センチほど沈みこんで停止した。

『ここを握ると、中に入っていくみたいだな……中に入るか？』

佐々木は、少し考えたあとで答えた。

『いや、待ってくれ。一人で艦内に入るのはやめたほうがいい。待機中のウォルターを呼んで来て、二人で入ったほうがいいだろう。シフト制はいったん中止だ』

『了解。ウォルターが来るのを待つ』

ヒロユキはそう言うと、ハッチらしい穴の脇にあるパネルにすわりこんだ。

――ぼーっとすわりこんで待っているのもなんだし、ちょいと、このあたりの構造を調べてみるか……。

　周囲を見まわしたヒロユキは、ハッチを塞いでいたパネルの下に、この戦艦の内部に落ちたときに壁面に張りめぐらされていたのと同じようなワイヤーが、何本も通っているのに気がついた。

　――あの、キリキリという音は、このワイヤーが巻き取られていた音なのかもしれない。ということは、あの壁面に張られていたワイヤーは何かを物理的に動かすためのものだ。地球ならモーターと電力で動かす部分を、全部ワイヤーで動かしているということになる……からくり人形じゃあるまいし、いくらなんでも、そんな不合理で無駄なことをするわけがないか……。

　そこまで考えてから、ヒロユキは気がついた。

　――いや、もしかしたら、帝国には、電力とモーターを使えないなんらかの理由があった可能性もある。たとえば敵対する〝竜族〟に、微弱な電磁波を探知するセンサーのようなものがあったとすれば、電力と磁力を応用して回転エネルギーに変換するモーターのようなものを、軍の装備からなるべく除外するだろう。地球ならば小型モーターで動かしているであろうさまざまなメカニズムを、あの、外部からのエネルギー源が無供給でも回転し続けているスーパーゴム動力モーターで動かしていると考えれば、このワイヤードライブも説明がつく……。

ヒロユキがそんなことを考えていると、インカムにウォルターの声が流れた。

『お待たせしマシタ』

見上げると、クレーンフックにつかまったウォルターの気密作業服が、ゆっくり下りてくるところだった。

4 脱出と救出

シャフトの中は、幅と高さが二メートルほどの通路になっていた。身長百九十センチ近いウォルターが、気密作業服を着て歩いてもヘルメットが天井にぶつからないということは、もう少し高いのかもしれない。

『この通路は、気密になっていないんだな……』

『気密区画は居住区だけなのでショウ。これだけ長い通路の気密を保つのは、かなりコストがかかりますカラね……佐々木さん、映像データとれてマスカ？』

インカムから佐々木の声が流れてきた。

『ああ、取れているが、船内に入るのと同時に電波の利得が急激に落ちた。距離とかじゃなくて、なんらかの電磁波遮断作用があるのかもしれない。通信が途絶するかもしれないが気をつけて進んでくれ』

『了解しマシタ。これより艦尾方向に向かいマス』

ウォルターとヒロユキは、長い通路をゆっくりと歩き始めた。

百メートルほど進んだとき、前方に壁が現われた。真ん中にドアらしいものがあるが、例によってドアノブやハンドルのようなものはなく、のっぺりとしている。

『これもやっぱり、パネルやハッチと同じように、真ん中に開閉スイッチがあるんだろうか？』

『過去に発見された〝帝国の遺産〟のデータベースに、同じような構造のドアの記録がありマシタ。破損して廃棄された物デスガ、真ん中部分が欠落しており、そこに開閉機構があったのではないか、と言われてイマス』

『真ん中に開閉スイッチというのが、帝国の常識なんだろうな。じゃあ押すぞ……』

『ここはシャフトの真ん中あたりですカラ、これはただの隔壁だと思いますケド、ドアを開けたら、ズワイガニみたいな生物が顔に張り付いたり、アミガサタケみたいなキノコが頭に乗っかってくるかもしれマセン。注意してクダサイ』

『脅かすなよ……』

ヒロユキが少し腰を引いた姿勢で右手を伸ばし、ドアの中央あたりを押すと、真ん中の部分が丸くへこんだ。そのまま押しこむと、カチリという機械的な感触が指先に伝わってきた。

そして数秒ほどの間《ま》を置いて、キリキリという作業音が手袋と靴底を伝わって聞こえてきた。

『例の、スーパーゴム動力のモーターを使った機械式の開閉装置が動いているみたいだな』

『五千年前からずっとまわっていますからネ。メカニズムの部品に劣化がなけレバ、充分稼働するのでショウ』

ウォルターが、そう答えたとき、ドアが、ガクンと内側に入って、そのまま横にスライドし始めた。

開いたドアの隙間から見えるのは真っ暗な通路だった。ヒロユキが手に持った照明器具をドアの隙間に突っこんで、暗闇の通路を照らすと、薄暗がりの向こうに、ぼんやりと同じような壁とドアが見えた。ヒロユキは自分の現在地点を、ドローンで計測した図面の上に表示させて確認した。

『どうやらあそこが、このシャフトが太くなっている部分への入り口らしい。エアロックがあるとしたら、あそこだろうな……それにしても、帝国ってのは、ドアをロックしないのか？　こっちにとっては実にありがたいけど、不用心とは思わないのかな？』

『そういった〝なんでこうなっているんだろう？〟という疑問は、〝帝国の遺産〟を研究していると、山のように湧いてキマス。でも、ソレハ、われわれと異なる〝常識〟を持つ文化だからなのだと思いマスネ。たとえば、ナイフとフォークしか知らなケレバ、お箸は、ただの短い二本の棒デスネ。使っているところを見なければ、おそらく理解不能デス』

『そうか……言われてみれば、そんなものかもしれねえな……』

二人はそんな会話を交わしながら、通路を歩いて、突き当たりの隔壁の前までやってきた。さっき開けたのと同じデザインのドアが、隔壁の真ん中にある。

『開閉スイッチがあるのは、やっぱり真ん中なんだろうな……』

『だと思いマス。それが帝国の〝常識〟デスネ』

『よし、開けるぞ……乗組員のミイラとか転がってねえだろうな……』

『帝国人のミイラなら、大発見デスネ。高く売れますョ』

『ピラミッドの墓荒らしじゃねえんだから……』

ヒロユキがドアの真ん中を押すと、ドアは、キリキリ……という作動音とともにゆっくりと開いた。ドアの先は、再び四畳半ほどの正方形の小さな部屋になっており、奥の壁面にも同じようなドアがある。

『ここは、エアロックですネ。おそらくあのドアの向こうが、コントロールルームとか居住区になっていると思われマス』

『よし、いよいよ心臓部に突入だな!』

ヒロユキは、部屋の中に足を踏み入れると、そのまま突き当たりの壁のドアの真ん中を押した。だが、今までのドアと違い、真ん中がへこまない。

『あれ?　動かないぞ?　ちゃんと真ん中にスイッチがあるのに、押せない……』

『ここがエアロックだからデスョ。こっちのドアを閉めて、中に空気が入らないと、開かないのではないでショウカ？』

ウォルターの言葉に、ヒロユキはうなずいた。

『あ、そうか、そうだよな。おれは、どうにもせっかちでいけねえ……』

『では、こっちのドアを閉めマスョ……佐々木サン、通信はだいじょうぶデスカ？　電波はとれてイマスカ？』

佐々木の返事は雑音混じりで、やっとのことで聞き取れるくらい弱々しかった。

『うーん、通信状態が悪い……取れているのは音声だけだ。それに、音声も拾うのがやっとだ。帝国の素材は電磁波遮断と吸収能力が高いというのは知っていたが、これだけ近距離でも電波が取れないとは思わなかった……』

『どうしマス？　録画オンリーに切り替えマスカ？』

『あ……そらく……のエアロックのドアを……めたら、通信不能に……録画しておいてくれ、あとで映像……分析……』

佐々木の声はほとんど聞き取れなかった。

『了解しました。しばしのお別れデスネ』

ウォルターはそう言うと、通路に繋がるドアの真ん中にある丸い部分を押した。ドアがキリキリという駆動音とともに閉まるのと同時に、ヒロユキのインカムの中で響いていた、ザーという空電の雑音が、ふっと消えた。そして、足元の白い細かいホコリが沸き立つのが見えた。

『ホコリが舞うってことは……この部屋に空気が注入されているってことだよな？』

『やはり、ここはエアロックに間違いないデスネ。注入が終わったら、この内側のドアロックも解除されると思いマス』

インカムから流れるウォルターの声が、やけに小さく感じられる。

『……なんか、通信、おかしくないか？　音が小さくなったような……さっき、佐々木が言っていた電波吸収素材の影響か？』

汎用端末の画面で電波状態を調べたウォルターは、小さく首をひねった。

『そうかもしれマセン……これだけ近くにいて、この受信レベルは、おかしいデスネ』

『でもまあ、通話はできるから、気にすることもないか……話は戻るけど、帝国人の生存環境の大気って、地球の大気と少し違うんだよな？　確か、酸素が薄いとか聞いたけど……』

『そうデスネ。酸素含有量ハ、地球で言うと、二千五百メートル級の高山の大気と同じくらいの薄さデスネ。地球人が吸っても、すぐに酸欠になるわけではありませんが、運動をしたり興奮したりすると、高山病になる可能性がありマス。あと、アルゴンというガスの量が多めデス』

『アルゴン？ 溶接する時に酸化を防ぐために使ったりする、あれか？』

『そうデス。不活性ガスですから、体内に取りこんでも直接に害はありマセン』

ウォルターとそんな会話をしているうちに、気密作業服のヘルメットバイザーに表示されている大気圧センサーの数値が、ぐんぐん上がり始めた。そして一分三十秒ほどで、七百九十ヘクトパスカル近くに達し、そのまま動かなくなった。

『ここで止まったってことは、この気圧が帝国の平均的な大気圧なのか……じゃあ、ロックは解除されているってことだな？』

『そう考えるのが合理的デスネ』

『さっきの話じゃねえけど、ドアが開いたら、そこに戦死者の遺体がゴロゴロ……なんてことはないよな？』

『だいじょうぶデスヨ。太陽系が戦場になったという記録は、今のところありマセン。この船は攻撃を受けて放置されたのではナク、部隊撤収のさいに、不用品と判断されて遺棄されたものだと思いマス』

『おまえの言葉を信じるぞ……』

ヒロユキはそう答えると、奥の隔壁にあるドアの真ん中を押した。こんどは押す力を受けてへこんでいく。そして底まで押しこんだとき、カチリという感触が指先から伝わってきた。そしてドアはキリキリという作動音とともに、ガコン！ と十センチほど引っこみ、中から風が吹き出してエアロックの床に積もっていた白い砂埃を吹き飛ばした。

『船内の気圧のほうが少し高かったみたいデスネ……大気成分カラは有害な物質は検出されていませんが、疫学的検査ができマセン。大気の中に未知の病原菌やウィルスがあるかもしれマセン。気密作業服は着用したままにしておきマショウ』

『了解だ……』

ゆっくり横にスライドしていくドアの向こうは真っ暗だ。ヘッドライトの明かりを向けると、暗闇の中に背もたれのついた椅子のようなものと、作業用のコンソールのようなものが浮かび上がった。

ウォルターが、腰にぶらさげてあったケースから、円盤型の小型照明ドローンを取り出しながら言った。

『まず光源を確保してから入りマショウ。何が置かれているかわかりマセン。トラップとかはないと思われマスが、用心するに越したことはありマセン』

ウォルターが放った円盤型の照明ドローンは、下部の発光素子を光らせて室内へと飛んでいき、部屋全体を照らし出した。

そこは、かなり広い部屋だった。幅は八メートルほど、奥行きは六メートルほどはあるだろうか。小型の照明ドローンでは明るさが足りないため、隅は薄暗いが、室内の備品の位置はよくわかる。

『ここはブリッジ……というか、コントロールルームみたいだな。入ってみようぜ』

ヒロユキとウォルターは部屋の中に入った。床には、白いホコリが薄く積もっており、足を踏み入れるたびに、空気の流れにあおられてふわっと浮き上がる。

コントロールルームの中央には、大きな丸い机があり、その周囲に高い背もたれの付いた椅子が六脚、内側を向いて据え付けられている。壁面には、これと言ってモニターのようなものはなく、ただ、明るい灰色の壁があるだけだ。

『ここがコントロールルームだとしたら、どんなふうに使っていたんだろう？　地球なら壁面に大きなモニターがあって、机の上はタッチパネルとかスイッチが並んでいるんだけど、見たところ、机の上にはキーボードもタッチパネルも何もないし……』

『帝国人は映像を目の網膜を通して見るのではなく、視神経にダイレクトに信号を送って受け取っていたのではないか？　という説があるのデスガ、その説が正解かもしれマセン』

『……ということは、キーボードとかの操作も、脳から直接行なっていたってことか……なんかすげえ話だな……そんなに未来的で進んだ文明を持っていても、戦争ってのはなくならないんだな』

『異種族が相手となると、相互理解は難しいですカラネ』

『確かに、同じ地球人ですらなにかといがみ合ってるのに、相手がエイリアンなら、意思の疎通や価値観の相互尊重は難しいかもな……』

『さて、コントロールルームの分析はあとまわしにして、推進システムを調べマショウ。推進機を見つけるのが最優先デス』

『確かに、未知のシステムを分析して起動させるなんて芸当は、おれの手には負えねえな。おれにできるのは、小型宇宙船の操縦だけだし……』

『操縦免許持ってるのは木戸サンだけなんデスから、それで充分デスヨ。たとえ推進機を見つけて取り付けることができても、宇宙船を操縦できなケレバ、意味がありマセン』

『操縦なんか、マニュアルと首っ引きでもできると思うけどな……まあ、実際に宇宙船を操縦する時の間合いというか、車で言うところの車体感覚みたいなものは、経験を積まないと無理かもしれないけど……』

ヒロユキとウォルターは、そんなことを言い交わしながら、コントロールルームをひとおり見てまわると、船尾側の壁にある二つのドアの前に立った。

『これは、この先に二つ部屋があるってことかな？』

汎用端末で宇宙船の外見の見取り図に今までのデータを入力して確認していたウォルターが、床を指さした。

『われわれが立っているこの床は、シャフトが太くなった部分の上部に位置していマス。床下にもスペースがあるはずデスネ。あのドアのどちらかは、下の階に通じているのかもしれマセン』

エアロックとコントロールルームのデータが書き加えられたCGの見取り図に目を落としたヒロユキは考えた。

――この輸送船の推進機は、どこに配置されているのだろう？　今まで発見された推進機はすべて小型で、慣性制御装置と一体化した円筒形のポッドに入っていた。宇宙船の船体の外に推進機ポッドを取り付けて、宇宙船の進路を変えるときは、推進機を左右に回転させて推進力の向きを変える、という使いかたをしている。星間航路の旅客用の大型宇宙船も、連邦宇宙軍の高速哨戒艇も、搭載している推進機は同じもので、その数が違うだけで取り付け方も同じだ。だけど、この輸送船の外部には推進機ポッドが見当たらない。もしかすると、船内に内蔵された、まったく違う形式の推進機を搭載しているのかもしれない。

この宇宙船の形状で、推進機が置かれているとしたら、おそらくこのワインボトル型の下部だろう。外側の宇宙戦艦の偽装外殻の艦尾にある推進機の噴射口らしい部分は、シャッターのようなもので塞がれているが、その位置とこの部分がぴったり合う。

『このコントロールルームの下に機関室があって、推進機はそこに置かれているような気がする。ただ、こんなふうに船内にビルドインされている推進機というのは初めてだ……というよりも、帝国の宇宙船自体が初めてなんだけどな』

ウォルターは、うなずいた。

『わかりました。では、下の階を先に調べましョウ……とは言いつつも、どっちのドアが下に行くのか、わかりマセン。左右どっちだと思いマスカ？』

『別に、二者択一で、どっちかを選んだらもう片方は開かないなんてことはないんだから、両方開ければいいじゃないか』

ヒロユキの返事を聞いたウォルターは、肩をすくめた。

『木戸サンは、ブックメーカーの楽しみを知りませんデスネ』

『仕方ねえよ。なんでも賭けにする習慣は、日本にはないからな……賭け事が好きな人はいるんだろうけど、イギリスみたいに公認されているわけじゃない。とにかく両方のドアを開けて、その先がどうなっているのか、確認しようぜ』

『わかりマシタ。ではわたしは左のドアを開けマス。木戸サンは右のドアを開けてクダサイ』

『了解。では、ぽちっとな……』

そう言ってドアの真ん中を押したヒロユキを見て、ウォルターは怪訝《けげん》な顔になった。

『その〝ぽちっとな〟というのは、なんデスカ？』

『え？　ああ、別に意味はないよ、スイッチ押す時の合い言葉みたいなものだ』

『そうデスカ……では、わたしも、ポチットナ……』

ウォルターはそう言って、ドアの中央部分を押しこんだ。

結局、左のドアの先には、カプセルホテルのようなベッドが並んだ居住区らしい部屋と、その隣に、簡単な椅子とテーブルが並んだ、狭いリビングルームのような部屋があった。その奥、船尾には、かなり広い何もない部屋があり、突き当たりの外壁はシャッターのようになっていた。

『ここは倉庫でショウカ？』

床に掘られた溝と突起物を調べていたヒロユキが立ち上がって答えた。

『いや、ここには連絡艇か、救命艇の格納庫だと思う。エアロックになっていて、あのシャッターを開けて、連絡艇を出し入れしていたんだろう。おそらく床の溝は、連絡艇の射出レールで、この突起は、固定用のツメか何かで引っかける部分だと思う』

『火星で見つかった〝帝国の遺産〟の中に、大型バスくらいの大きさの船殻がありマシタ。きっとあれが連絡艇として使われていたのかもしれませんデスネ』

『ああ、データベースで見たことがあるよ。船殻だけのがらんどうで、セミの抜け殻みたいなヤツだろ？　小型推進機を使った自家用宇宙船のモデルになったヤツだ。確かおれたちが乗っていたマーシャル号も、あの連絡艇を参考にしているはずだ……さて、左のドアのほうには推進機はなかった。右のドアが下の階に繋がってるってことだな。行ってみようぜ』

ヒロユキはそう言うと、後ろのドアを開けてコントロールルームに引き返し、右のドアを開けた先にある階段を下がったところにあるドアを開けた。

お目当ての推進機は、その部屋にあった。いや、正確に言うならば推進機ではなく、それらしきもの……と言うべきだろう。そこにあったものは、今まで地球人類が発見し使ってきた推進機とは、形状も何もかもがまったく異なるものだったからだ。

ワインボトルのような形をした船体の下半分は、推進剤を入れるためのものと思われる大きなタンクと、その後方にある直径四メートルほどの円筒形の機械とで占められていた。円筒形の機械の後方はラッパ状に大きく広がって、戦艦を偽装した外殻の噴射ロシャッターの下半分に接続している。

ヒロユキは、まず、円筒形の機械の外部を詳しく調べた。慣性制御装置や、力場の発生装置は確認できた。そしてタンクから推進剤を送りこむパイプやポンプらしきもの、推力をコントロールするためらしい装置などは推察できたが、肝心の推進機と思われるものは、船体と一体化したケースの中に入っているのだ。なんとかしてそのケースを取りはずせないかと、床に這いつくばって接合部を確認していると、ウォルターの声がした。

『推進機は取りはずせそうデスカ?』

『難しいな……こいつはこの輸送船を作ったときからビルドインされているとしか思えない……メンテナンスとかを最初から考えていないいんだ。いままで発見された推進機とかもそうだけど、帝国は、故障したら修理するよりも、ユニットをまるごと交換するというやりかたで稼働率を維持している。この輸送船も、まるごと全部使い捨て……ということなのかもしれない。一度宿舎《ベースキャンプ》に戻って、船内のデータを佐々木に見せて、分析して、それからどうするか考えよう』

『そうデスネ。船内のデータも取れマシタし、いったんベースキャンプに戻りマショウ』

ウォルターはそう言ってうなずいた。

ベースキャンプで待機していた佐々木は、戻ってきたウォルターとヒロユキから記録された映像と計測データを受け取ると、二人が超音波シャワーを浴びているあいだに、そのデータから図面と3DCG画像を起こしていた。

いつもの普段着である高機能インナーに着替えてリビングに戻ってきたヒロユキとウォルターに、メインモニターに表示された輸送船の図面を、ぐりぐりと立体的に動かしながら佐々木が言った。

「推進機は取りはずし不可能かもしれない、というヒロユキの推察は正しいようだな。この輸送船の推進機の形状は、今までに発見されたどのタイプとも異なる。現在までに発見された帝国の推進機は、すべて制御装置も何もかもセットになってポッドに入っていて、動かすには、推進剤の重水をポンプで送りこんで、電極に起動用の高圧電流を流すだけでいい。いわば推進機として独立したシステムになっている。機関室にあるこの円筒形のケースの中に推進機があるのは間違いない。推進機の後方にあるこのラッパ状の部分に、推進機から噴射されるエネルギーの方向を変える、方向舵のようなシステムが収められているのだと思う。いわゆる逆噴射も、ここで行なうと考えられる……」

佐々木はそこで言葉を切ると、真剣な表情になって言葉を続けた。

「つまり、マーシャル号の壊れた推進機の代わりになる推進機は発見できなかった。この小惑星を脱出できる方法はない、ということだ……となれば、残された方法はひとつだ。レーザー通信、電波通信……なんでもいいから救難信号と、われわれが発見したこの帝国の輸送船の存在を発信する。それしかない。ここは小惑星帯の航路外だ。いくら救難信号を発信しても無視されるだろう。でも、〝帝国の遺産〟、それも輸送船一隻まるごと発見した、という情報とともに発信すれば、間違いなく助けが来るはずだ！」

「いや、それは危険デス！」

ウォルターは大きく首を振ってから、言葉を続けた。

「この小惑星帯は無法地帯だということを忘れていまセンカ？　〝帝国の遺産〟、それも輸送船一隻まるごと発見、なんて情報を発信スレバ、この小惑星帯に群れをなしている〝宝探し《トレジャーハンター》〟という名前の欲望に駆られたハイエナどもが、わんさか寄ってキマス。そいつらは、わたしたちを助けてくれると思いマスカ？　餓死や窒息死で苦しまないように、鉛玉を脳天にぶちこんで助けてくれるかもしれマセンが、それはわたしたちが望んでいる救いではありマセンネ」

「いや、帝国の輸送船みたいな貴重な遺産なんだから、きっと当局が保護に動いてくれるはずだ。地球人類の宝物なんだから、見捨てるようなことはしないと思う。それに情報を発信すれば、発見者はおれたちだってことが広く知れ渡るわけだ。おれたちを殺したりすれば、奪ったことが公《おおやけ》になる。そんなリスクを負ってまで奪おうとするだろうか？」

ウォルターは、顔の前に人さし指を立てて左右に振った。

「考えが甘いデスネ。〝帝国の遺産〟の権利は、それを持ち帰った人間のものにナリマス。発見した人間ではありマセン。確かに、情報を発信スレバ、発見者がわたしたちであることは公になるデショウ、しかし、〝帝国の遺産〟を自分のものにしようとする人間にとって、そんなリスクは、莫大な資産を手にすることに比べれば取るに足りないモノデス。かのシェイクスピアも言ってイマス――〝利潤を生み出す経済的に正しい行為は、道徳的にも正しい。正しくない部分があったとしても、経済的正しさは、それを無視できる。ゼニのためなら親でも殺せ〟ト……」

「シェイクスピアはそんなこと言ってないぞ！」

「でも、真理デスネ」

佐々木とウォルターの会話を聞いていたヒロユキは、怪訝な顔で聞いた。

「おまえら……なんの話をしているんだ？　いますするべき話は、あの宇宙戦艦の上にある岩盤をどうやって開けるか、じゃないのか？　あとは、このベースキャンプにある生命維持装置とか環境管理装置とかを、どうやって運びこむか、とか、しっかり工程表組んでやらないと、することは山のようにあるじゃないか」

　こんどは佐々木とウォルターが怪訝な顔をする番だった。

「おまえは、何を言っているんだ？」

「わけがわからないデスネ」

「わけがわかんないのはそっちだろう！　代わりの推進機は見つからなかったけど、おれたちは、宇宙戦艦……じゃなかった、それに偽装した輸送船を見つけたじゃないか！　あれを動かして、ここから脱出すればいいだけのことだ！」

　ヒロユキの言葉を聞いた佐々木とウォルターは、おたがいの顔を見合わせた。

「……そうか、その手があった」

「いちばん可能性が高い方法デスネ」

　佐々木は、すわっていた椅子をくるりとまわして、入力端末に向きなおった。

「あの船を動かすとなると、やるべきことは山のようにあるな……まず、蓋をしている岩盤の上に堆積した砂や岩石をどかして、次にあの岩盤の蓋を開ける機構を調べて、動くかどうか確認して……あれを動かすとなると、かなり強力なモーターのような動力が必要だが……ああ、あるな。うん、モーターならある！　なんとかなるかもしれない！」

「輸送船の中に、このベースキャンプの装備を運びこめば、あそこで生活できマスネ！　ここまで往復する時間と酸素が、もったいないデスョ！」

「よし、作業計画を立てて、工程表を作ろう。残り日数は限られている。無駄なく無理なく作業を進めないとな……」

佐々木はそう言うと、メインモニターに作業計画表を表示して、作業項目を入力し始めた。

「計算上のタイムリミットは残り二十五日。推進剤が普通の軽水しかない現状では、推進機を稼働させても加速を続けることができない。軽水は効率が悪いからな。だから最初の加速で推進機を稼働させたあとは、慣性航法で航路をめざす。航路までの所要時間は、加速にどれだけ使える水が残っているかで決まるが、どう考えても四日、もしくは五日かかるだろう。つまり、残された時間は残り二十日。あと二十日で、あの輸送船を航行可能な状態に持っていかなければ、おれたちはこの小惑星の上で野垂れ死にするはめになる、ということだ」

「まず、最初に何から始める？」

ヒロユキの質問に、佐々木は、画面に表示されている図面の上のほうを指さして答えた。

「この岩盤の上に堆積している砂礫《されき》を除去する作業と、岩盤を開閉させる機構の確認だ。

輸送船が使えても、ここを開けることができなければ、船を脱出させることができない。岩盤を調べたときは、この堆積している砂礫をパワーショベルで掘って、クレーンバケットで亀裂の上まで持ち上げて捨てたんだが、これだけ大量の砂礫を除去するとなると、そんな悠長なことはやっていられないな……汎用掘削機がもう一台あれば、工期は半分に短縮できるんだが……」

堆積した砂礫の総量の概算値を見ていたヒロユキが言った。

「この砂礫を下に落とすってのは、ダメかな？　岩盤の下のスペースは余裕があると思うんだけど……」

「下に？　あ、そうか、それでもいいんだ！　岩盤の左右に穴を開けて、そこから下に落としこめば、中にある宇宙戦艦の外殻の外側に落ちる！　少しは外殻がのっかるかもしれないが、気になるほどの質量じゃない！　よし！　それで行こう！」

佐々木はそう言ったあとで、ウォルターに聞いた。

「岩盤を開閉させる機構はどうだ？　動きそうか？」

「例のモーターの回転軸に付いているプーリーみたいな円盤デスガ、縁に細かい歯車のような凹凸《おうとつ》がありマシタ。この凹凸が、格納庫の中にあったワイヤーと、ぴったり合いマス。アレはワイヤーのように見えマスガ、セラミックで作られたチェーンのような構造をしていマス。〝帝国の遺産〟として、いくつも発見されていマスガ、どのように使っていたのか、動力源はなんなのか、まったくわかっていませんデシタ。あのモーターは、岩盤を開けるくらいの力がありマス。問題は、常に回転し続けるモーターのパワーを伝達するさいに、機構とモーターのあいだに入るべき装置が見つからない、ということデス。回転し続けるモーターの力を、必要なときだけ取り出せる、クラッチのようなものは作れマセンカ？」

ウォルターの言葉を聞いた佐々木は考えこんだ。

「クラッチか……掘削機とかは全部電動でモーター制御になっちまって、ダイレクトに動かしているから、そんなもんついてないしなあ……油圧ポンプで油圧式クラッチか、バッテリー駆動の電磁石を使った電磁式クラッチを作るしかないな」

「どれくらいで作れマス？」

「予備部品のモーターとかをバラして、再組立して……どう考えても二日……いや、三日はかかるな」

「三日も？」

「そんなにかかるのデスカ？」

驚くヒロユキとウォルターを見て、佐々木は憂鬱そうに答えた。

「ここが地球なら、そんなに時間はかからない。半日もあれば作れるだろう。部品だって素材だっていくらでも手に入る。でも、ここではそうはいかない。ネジ一本、エナメル線一メートルすら、おれたちが持ちこんだものの中にしかないんだ。そしていまおまえに言われて気がついたんだが、クラッチがなければ、あのモーターは使えない。優先度はクラッチのほうが先だ……くそ！　あとからあとから必要なことや手間のかかることが出てくるな……」

「でもよ、予定表や工程表ってのは、おおよその目安で、そのとおりに進むわけがないことは覚悟の上だろう？　見込みが甘かったのもあるかもしれないけど……」

佐々木は、真剣な目でうなずいた。

「ああ、見込みが甘かった。これだけの作業を、たった三人でやるんだ。ローテーションなんて組んでいる場合じゃない。へたすると、脱出作業は生存可能時間ギリギリまで食いこむチキンレースになるぞ……」

そのとき、重苦しい空気を振り払うように、陽気な口調でウォルターが言った。

「なんとかなりマスヨ。シェイクスピアも言ってイマス――〝なんとかなる。今までだってなんとかなってきた〟トネ……さあ、メシにシマショウ」

「それはシェイクスピアじゃねえ、田中一郎のセリフだ」

「正確には、R・田中一郎デスネ。ちゃんとRを付けマショウ」

ウォルターはヒロユキにそう言い返すと、自動調理器のスイッチを入れた。冷凍キューブにした保存食が、スープ皿の上に、ゴトンと出てきてそのまま加熱調理されていく。

加熱され、部屋の中に漂い始めた保存食の匂いを嗅いだヒロユキが、げんなりしたような表情で言った。

「残った食材を全部細かく刻んでぶちこんで作った残りもの雑炊か……この先三食こればっかり食わされると思うと、いい加減いやになってくるぜ。ああ、水耕栽培のレタスが食いたい」

「文句を言ってはイケマセン。ちゃんと食べられるものなんですから、それだけですばらしいではないデスカ。おいしいトカまずいトカ、そういう判断を持ちこむのが間違いデス」

「イギリス人にメシの話をしたのが間違いだったと気がついた……」

そう言ってため息をついたヒロユキに、佐々木が笑いながら言った。

「まあ、食えるうちに食っておけよ。輸送船の船内の大気に酸素があったってことは、生命維持装置が動いていて酸素の総量が増えたってことだ。少なくとも窒息死はしないですみそうだが、食料はそうはいかない。二十日間で脱出準備が終わらなかったら、空きっ腹抱えて作業しなくちゃならないんだからな……」

ヒロユキたちは笑った。だがこのとき、佐々木のこの言葉が現実のものとなることに、三人とも気がついてはいなかった。

脱出に必要なすべての準備が終わったのは、予定期日を四日も超えた二十四日後のことだった。

コントロールルームに設置した急造の操縦用シートにすわったヒロユキは、ベースキャンプから取りはずして据え付けた液晶モニターに映るチェックリストをひとつずつチェックしていたが、頭がぼんやりして、項目が頭のなかに入っていかない。

——くそ、低血糖で頭がまわらねえ……十日前から必須カロリーの半分しかとってないんだから、血糖値が上がらないのも当然だ。ああくそ、腹が減った……。

いつもの半分くらいのペースで搭載物品のチェックリストを確認し終えたヒロユキは、インカムに向かって話しかけた。

『こちらヒロユキ……』

声に出してから、ヒロユキは慌ててコンソールに取り付けたスイッチを船外に切り替えた。

——いけねえ、忘れてた……どうにも頭がボケてやがる……腹が減るってのがこれほどまでにテンションが下がるものとは知らなかったぜ……。

ヒロユキは、はあっとため息をつくと、インカムに向かって話しかけた。

『こちらヒロユキ。ウォルター、聞こえるか？　作業の進捗《しんちょく》はどうだ？　発進予定時刻までに終わりそうか？』

返事はすぐに来た。

『こちら、ウォルターデス。岩盤の開放用の回転シャフトに繋がるワイヤーの最終点検終了シマシタ……テンションローラーをずらしてモーターにワイヤーをかければ、動き出すはずデス』

『了解。ワイヤーをかけてくれ！』

『了解……今、ワイヤーをセットしマシタ！　起動確認！』

『岩盤が動きだして砂礫が落ちてくる前に、船に戻ってこい。急げよ』

インカムから流れるウォルターの声に、ヒロユキはそう答えると、スイッチを船内通話に切り替えた。帝国の輸送船は、電磁波遮断と吸収能力が高く、気密作業服の相互会話用の通信機が使えない。そのため船外にアンテナを立てて、そことコントロールルームとを有線で繋ぎ、手元のスイッチで船外通信と船内通信を切り替えるようにしたのだ。脱出が遅れたのは、こういった細々とした改造に時間を取られたためでもある。

『佐々木、推進剤の水の注入は終わったか？』

『ああ、残っていた二百四十リットル、一滴残らず入れた……こいつでどれくらい推進機が加速し続けてくれるかわからないが、少しでも長く稼働してくれることを願おう』

ヒロユキは、シートの足元に取り付けたアルミ板で作ったペダルを踏みながら聞いた。

『どうだ？　ちゃんと推進機のバルブが動いているか？』

『ああ、動いている。まさかこの時代に、ワイヤーで直接バルブや舵を動かすことになるとは思わなかった。設計思想はいっきに一世代前に戻った感じだな』

『脳の信号でダイレクトに装置を動かすという、帝国人の方法はおれたち地球人には無理だから仕方ない。さて、発進予定時刻まであと十分を切った。コントロールルームに戻ってきてくれ』

『了解した』

二人がコントロールルームに戻ってきたのを見て、ヒロユキは正面に置いたメインモニターの映像を、外部カメラに切り替えた。この船のコントロールルームに窓はない。あったとしても外側に宇宙戦艦の偽装外殻をまとった状態では、外の状況がわからない。そのため、船体外殻の前後左右と上下にセンサーカメラを設置して、外の映像を確認できるようにしたのだ。

メインモニターに映る外の映像に変化がないまま、一分ほど過ぎた。

『おい、ウォルター。ちゃんとワイヤーが動くようにセットしたんだろうな？』

『ええ、ワイヤーが動くのも確認シマシタ。ゆっくりとまわりマスから、岩盤が開くのも、ゆっくりなのデショウ』

『時間がなくて、動作テストもやれないままで、一発本番だからな。ヒロユキが不安がるのも無理はないが、もう少しようすを見よう』

佐々木がそう答えた直後、モニターの中で何かが動いた。それは、左右の壁面を、水の流れのように伝ってゆっくり滑り降りてくる砂だった。

『砂が落ちている！　岩盤が傾き始めたんだ！』

最初の動きがあってからは連続だった。砂に続いて小石が、そして岩が落ち始めたころには、明らかに格納庫の天井だった岩盤が傾いているのがわかった。

『あー、くそ、イライラするな……帝国軍ってのは、緊急発進とかしねえのかな？』

『そういうことをする部隊ではなかったのでショウネ。この船ももともとは輸送船ですカラ』

『もしかすると、もっと早く開ける方法があるのかもしれない。おれたちがわからないだけでね……ちゃんと動いているんだから、文句を言うな』

『そりゃあ、理解しているつもりなんだが……ああ、くそ！　もう一分一秒でも早くここから抜け出したい！　抜け出して、メシを食いに行きてえ！　ご馳走なんかどうでもいい！　牛丼が、駅の立ち食いそばが、コンビニのおにぎりが、いい！　安くて腹が膨れる食い物を、一心不乱にむさぼり食いてえ！』

『メシの話はやめろ。忘れようと努力しているんだから、思い出させるな！』

『そうデスヨ。メシよりも、お茶です。紅茶デス！　いまだかつて、これほどまでに紅茶を欲したことはありマセン！　紅茶を飲めるなら、魂でもなんでも叩き売りマス！』

『あくそ！　おまえらがそんなこと言うから、おれもビールが飲みたくなっちまったじゃないか！　ビールだ！　いや風呂だ！　ぬるい風呂に、肩までゆったり浸かって、身体の芯まで温まってから、こう、あらかじめ冷凍庫に入れて霜がついたジョッキに、キンキンに冷えたやつを注いで、いっきにぐーっと……』

『やめろ！　やめてくれ！』

『そうです、やめてクダサイ。常温のギネスもおいしいデスガ、日本の夏の冷えたビールは別物デス！　アレは悪魔の飲み物です！　夏の昼間、地獄の炎に焼かれたあと、悪魔が差し出す人を堕落へと誘《いざな》う恐ろしい飲み物デス。カラアゲを一緒に出されたら、人類の九十九パーセントは、間違いなく堕ちマスネ』

それは、飢餓に伴う極限状態特有の高揚感だったのかもしれない。三人で、食いたいこと、やりたいことを、言い合っていたそのとき、ヒロユキが言った。

『見ろ！　星空だ！　宇宙空間だ！　出られたぞ！』

ヒロユキが指さしたモニターには、縦に伸ばした黒いビロードの布の上に、白い砂を撒いたような宇宙空間が広がっていた。

三人は、われに返ったように、それぞれの前に置かれたパーソナルモニターと端末に飛びついた。

『上部岩盤の開角、六十度！　開放進行中！』

『外部船殻左右に堆積した砂礫の厚さ、およそ二メートル。上部への堆積はアリマセン』

『推進機のシャッターを開ける！　推進機起動用の高圧電流回路、異常なし！』

ヒロユキはそう言うと、操縦席の右下に取り付けられた、アルミパイプ製のレバーをぐい、と引いた。

船体後部から、キリキリキリというワイヤーの作動音が伝わってくるのがわかる。

『上部岩盤の開角度、八十度！』

佐々木の言葉のとおり、外部モニターにはほぼ完全に開いた天井の映像が映し出されていた。裂け目の岸壁の先に、細長い星空が見える。

『推進機はいつ起動させる？　試運転をかねて起動させておくか？』

『いや、推進剤に余裕がない。一発起動で、そのまま飛び立つつもりだ』

『起動しなかったらどうなる？』

『佐々木サン、そういうことを言う人は、イギリスでは敗北主義者って言われて、首にプラカード下げられて、戦場の木の枝に吊るされるんデスヨ』

『それは、第二次世界大戦の終戦まぎわの東部戦線のドイツ軍であったことだ。わかったよ、考えてみれば、おれたちはもう最悪の状況にあるんだ。これ以上悪いことが起きたって、たいした違いじゃないな』

モニターに表示された上部岩盤の開角度が九十度に達したのを見たヒロユキは、コンソールに置かれた大型のナイフスイッチを入れて叫んだ。

『推進機、始動！　動け！』

ナイフスイッチの接触部分から小さく火花が飛び、それと同時に、床下から、小さな起動音と振動が伝わってきた。

『やったぞ！　推進機が動いた！』

『壊すなよ！　ゆっくり推進力を上げていけ！』

『ここでぶっ壊れタラ、元も子もアリマセン！』

『わかってるって！』

ヒロユキの前にあるメインモニターの中に、偽装外殻の後部から、砂礫が舞い上がる光景が映っていた。それは、推進機の中に注入された水が、推進機の中の触媒によって、数億倍に膨れ上がり、エネルギーとなって噴出し始めた証拠だった。

『よし、このまま推進力を上げるぞ！』

そう言ってから、ヒロユキは大事なことを忘れていたことに気がついた。

『やばい！　いちばん大事なことを忘れていた！』

『え？　この状況で？』

『大事なことって、なんデスカ？』

『名前だよ、名前！　この船の名前！』

『なんだよ、そんなことか。そんなのどうでもいいじゃないか！』

『どうでもよくはない！　発進するときに名前を名乗るのは、この船に対するセレモニーであり、礼儀だ！』

『たしかにそうデスネ。わたしたちが命を預ける船ですから、ちゃんと名前をつけるのがいいデスネ。木戸サンは、なにか考えてマスカ？』

『あ、いや、いま頭に浮かんだのは、ヤマト……とか』

『それはやめとけ。パクリはダメだ』

『そうだよな……何がいいかな？　もっとこう、夢のある、希望を持てるヤツがいいな』

『夢でいいなら、これデスネ。ブラックギネス号。わたしの今、いちばん欲しいモノ、夢デスネ』

『それは、夢じゃなくて欲だ。欲でいいのなら、牛丼大盛り豚汁号でもいいぞ』

『おまえら、いい加減そのへんの話題から離れたらどうだ？』

『じゃあ、佐々木にはいいネーミングのアイディアがあるのか？』

佐々木は、考えこむように首をひねったあとで、ゆっくりと言った。

『おれたちはいま、勤めていた会社が潰れて、ただの一文なしだ。無事に救出されて初めて、おれたちは大金持ちの有名人になれる。一か八かだ。だから、〝オール・オア・ナッシング〟ってのはどうだ？』

『なんか、かっこいい、とは思うんだが、英語ってのがなあ。かといって、イッパチ号ってのもなんだしなあ……』

『まあ、そのへんはおまえの好きにしろ。おまえが船長だ』

佐々木の言葉に、ヒロユキは目を丸くした。

『え？　おれが船長なの？』

『あたりまえだ、宇宙船の操縦免許を持ってる、つまり船長の資格があるのはおまえだけだ。おまえが船長になるのは当然だろう？』

『そうか、おれが船長なのか……やることが多すぎて、そんなことまで考える余裕がなかったからな……よし、決めた、この船の名前はオール・オア・ナッシング号だ。カッコいいし、今のおれたちの状況にぴったりだ』

『ブラックギネス号ではだめデスカ？』

『商標は、イロイロ不都合があると思うんだよな』

『確かにそのとおりデスネ』

『推進機の暖気も終わった……触媒の色も赤からオレンジに変わった。いつでも推力全開にできる……じゃあ行くぞ！』

ヒロユキは、そう言うと背筋を伸ばし、推進機の推力偏向ノズルをコントロールするコントロールバーをぐいっと引いて、推力調節バルブに通じているペダルを、ぐっと踏みこんだ。

床下から響いてくる推進機の唸りが大きくなるのと同時に、輸送船の外殻の周りに堆積した砂礫がいっきに舞い上がり始める。

――くぅううぅっ！　これだよ、これ！　宇宙戦艦の発進はこれじゃなくちゃ！

ヒロユキは、そんなことを考えながら、さらにペダルを踏みこみ、叫んだ。

『偽装戦艦オール・オア・ナッシング号、発進！』

巨大な宇宙戦艦の外殻は、今にも崩壊しそうなきしみ音を立てながら、ゆっくりと動き始めた。

『浮上確認！　推力安定！　このまま微速で上昇を続ける！』

裂け目の先に広がる星空が、ぐんぐん迫ってくる。そして、宇宙戦艦はゆっくりと裂け目を抜け、宇宙空間へと進み出た。

『離陸完了！　針路を小惑星帯航路に向ける！　加速開始！　慣性制御装置始動！　進め！　オール・オア・ナッシング号！』

ヒロユキの叫びに、ウォルターが小声で付け足した。

『願わくば、オールのほうで……』

5　救いの女神

「ああ、固形物食いてえ……流動食は、あれは食い物じゃねえ……点滴と同じだ。静脈から入れるか、口から入れるかの違いがあるだけだ」

　ヒロユキのつぶやきに、佐々木がけだるげに答えた。

「食い物の話をするな……と言っても、まだ話ができる気力があるだけいいのかもしれないな……」

「航路内に入って、どれくらい過ぎましたデスカ？」

「え？　ああ、クソ。ここからじゃモニターが見えねえな。床に下ろしておけばよかったよ……」

　ヒロユキはそう言うと、ごそごそと起き上がって、ダクトテープでコンソールに固定したモニターのタイムカウンターを見た。三人とも、なるべくエネルギーを消費しないように、灰色のインナー姿のまま床に寝転がっていた。オール・オア・ナッシング号を発進させるときに、もしものために着こんでいた気密作業服は、無事に航路内にたどり着いたときに脱いでいる。船内の大気は帝国の生命維持装置で生成されているが、宿舎《ベースキャンプ》で使っていた地球型生命維持装置の高密度バイオフィルターを通して供給させることで、船内でも気密作業服を着こまずに生活できるようにしたのだ。

「ええと、もう八時間は過ぎたな……おかしいな。救難信号を発進し続けてるから、そろそろ連邦宇宙軍のパトロールがやってきてもいいはずなんだが……」

床に寝転がって、天井を見上げながら、佐々木がボソリと言った。

「もしかすると、この船は連邦軍のレーダーに映っていないかもしれない……外殻が、かなり強力な電磁波吸収体でコーティングされている上に、塗装も暗色だから、光学センサーにも引っかかりにくい。なんとかしないと……」

「ということは、このままここにいても、発見してもらえないということデスカ？　それは困ったことデスヨ？　一刻も早くなんとか手を打たないと、取り返しがつきマセン」

同じように寝転がって天井を見上げながら、ウォルターが言った。口調は切迫しているが、三人とも床に寝たままなので、見た目はひどくのんびりしているように見える。

ヒロユキは上半身を起こすと、その場にあぐらをかいてすわりこんだ。

「くそ、こうやって身体起こすだけでもしんどいな……」

「何をする気だ？」

「推進剤の残りを使って、見つかりやすい場所に移動するしかない。小惑星帯の航路の中には、地球から火星に向かう宇宙船が、小惑星帯を通過するさいに減速するところがあるんだ。観光客に小惑星帯を見せるために、公転軌道上を動いている小惑星と相対速度をほぼ一致させるための地点さ。そしてそのときに、小惑星帯の居住施設向けの貨物コンテナを切り離すことになっている……地球と火星の相対位置は毎日変わっていくから、当然、その地点も変わるんだが、確かこの航法装置には、その地点データが登録されていたはずだ。そこに向かえば、発見される可能性は高い。このままここで空きっ腹抱えて転がってるより、マシだと思う」

「わかった。おまえに任せる」

「船長にお任せシマス」

佐々木とウォルターは、寝転がったまま答えた。

「どうせ、おれしか操縦できねえんだから、仕方ねえけどよ。立ち上がってシートにすわるだけでひと苦労だ。パイロット用の高カロリーの食い物が欲しいぜ……」

ヒロユキは不満そうにつぶやいてから立ち上がったが、足がふらつく。シートの背もたれに手をついて身体を支えながら、やっとのことでシートにすわった。

――うわ、完全な低血糖の症状じゃねえか……必須ビタミンはサプリで補塡しているからまだマシだけど。一日の摂取カロリーが七百五十キロカロリーを切っている生活を、もう三日も続けているんだから、こうなるのも当然だな。

ヒロユキは、ぼんやりとした頭でそんなことを考えながら、航法装置から、いま現在の目標地点を割り出し、そこに向かうための加速時間と減速時間をセットした。

メインモニターの中に、推進剤タンクに入れた水の残量が表示されている。ベースキャンプの貯水タンクのセンサーを取りはずして、この船のタンクに取り付けたもので、精度は劣るが、おおよその目安にはなる。

――まだ三割くらい残っているのか……この推進機は燃費がいい。今までの推進機だと、推進剤が軽水の場合、推進効率は半分以下に落ちるんだが、この推進機は二割くらい下がるだけだ。重水と軽水の価格差を考えると、こいつはすごい経済的な推進機ってことだな。

ヒロユキは急造のコントロールスティックを握って推進エネルギーの方向を変えた。これはアルミパイプとワイヤーを組み合わせ、スティックを前後に倒すと上下、左右に倒すと左右に旋回するように推進機が発する推力をコントロールできるようにしたもので、構造は地球上のグライダーや飛行機の操縦桿と変わらない。

そして同じようにアルミ板で作られたペダルを踏みこみ、推進機に推進剤を送りこむバルブを開いた。推進機の唸る音が変わり、オール・オア・ナッシング号が加速し始めたのがわかる。

――いくつもの恒星を支配下に置く強大な恒星間国家を持つ異星人が残した、スーパーテクノロジーのカタマリのような宇宙船を、ワイヤーとアルミパイプでつくった操縦メカニズムでコントロールできるなんてことを、誰が想像できただろう？　地球の文明は電子化と電気化の文明だ。すべてのシステムはモーターと、集積回路による信号の制御によって動いていると言ってもいいだろう。そしてそれらのものは、とても高度な技術を維持する生産ラインでしか作れない。もしなんらかの理由で、モーターや集積回路が使えなくなったとしたら、それに代わるものを作り出すことは難しい。帝国のテクノロジーに関する考えかたは、高度な生産技術を持ったラインでしか作れないものと、そうでないものの切り分けがすごくはっきりしている。現場で修理できないものは交換品を用意し、それ以外の部分の機構は単純化し、現場で修理可能とする、という考えかただ。第三世界向けに作られた兵器の中には、モンキーモデルと呼ばれるそういった構造になっているものもあると聞いたことがある。この船や推進機をおれたち地球人が使いこなせている理由も、そのあたりにあるのかもしれない。

目的地点に到着したのは、それから四時間ほど過ぎたころだった。減速して、公転軌道上を動く小惑星と相対速度を合わせたオール・オア・ナッシング号は、再び救難信号を発信して待った。だが、三時間ほど経過してもまったく応答がない。

「どうしたんだ？　まったく反応がないってのは、どう考えてもおかしいぞ？　もしかして通信機が故障しているんじゃないのか？」

佐々木は首をひねった。

「電磁波吸収物質でコーティングされている外殻にアンテナを取り付けたから、受信状況がよくないのはわかるんだが、出力のほうは問題ないと思う……」

「おまえもそこで寝転がってないで、コンソールの前にすわって、原因を突きとめろよ。電子情報関係は、おれは詳しくねえんだから」

「わかったよ……ああ、しんどいな、くそ……」

佐々木はぶつくさ言いながら起き上がると、ヒロユキの隣のシートにすわって、通信関連の診断ソフトを起動した。

「わたしはなにをすればいいのデスカ?」

「とくにないな。そのまま寝て、無事に救出されるように祈っていてくれ」

「楽でいいですケレド、ちょっとさみしいデスネ」

ウォルターが少し不満げに答えたとき、通信状況を確認していた佐々木が叫んだ。

「すぐ近くからビーコンらしい電波が出ている!」

「本当か? やったぞ! ビーコンを出しているということはこれから貨物の受け渡しをやるってことなんだ! 方位データをこっちの航法装置に送ってくれ。船を探しに行くぞ!」

「救助を待つのではないのデスカ?」

怪訝《けげん》な顔をするウォルターに、ヒロユキは真面目な顔で答えた。

「寝転がっているときに、無事に救出されたあとのことを考えていたんだ。おれたちは、会社の命令で、会社の金で小惑星帯にやってきて、こいつを見つけた。となると、こいつの権利の大部分は会社のものになるんじゃないか、とな……だが会社は潰れて、銀行が管財人になってる。ということは、この船の権利も銀行のものになる可能性があるわけだ。おれたちの口座からあり金引き上げて、こんな状況にした銀行に権利を持っていかれるのは、どうにも納得できねえ。ただ、運がいいことに、社長が秘密にしていたおかげで、おれたちの存在は会社と無関係ってことになってる……表向きはだがな。そのあたりがどうなっているのか、細かいところは社長に聞いてみなけりゃわからないが、おれたちが掘り当てたんだから権利はおれたちにある！　そう主張しても構わないはずだ。だとしたら、このオール・オア・ナッシング号はおれたちの管理下にあって自力航行していた、という既成事実が必要だと思うんだ。考えてみれば今のおれたちに足りないものは、水と食料だけだ。それさえ手に入れれば、ほかは問題なんてない。救難信号はもうとっくに出しているから、救助物資として要求して受け取ったら、腹ごしらえして、水を補給して、シャワー浴びて髭そって、さっぱりとしてから、こいつを航行して火星の衛星軌道にある連邦宇宙軍の宇宙ステーションに持ちこんで、発見を申告するという計画さ」

　隣で佐々木がうなずいた。

「確かに、おれたちだけで運行して自力航行で持ちこめば、このオール・オア・ナッシング号は、間違いなくおれたちの管理下にあるということの証明になる。会社の債権を握ってる銀行と法廷で争うことになっても、有利な材料になるだろうな」

ビーコンを発していた宇宙船が遠距離光学センサーに捉えられたのは、それから一時間後のことだった。砂嵐の中のようにちらつく拡大映像の中に浮かび上がったのは、宇宙空間に浮かぶシャンデリアのような輝きを放つ光の塊だった。

「あれは……ナンデスカ？」

「客船だよ。それも金持ちのツアー客だけを乗せる、豪華客船というやつさ。佐々木、ダメもとでいいから、救難信号を発信し続けてくれ。それと、もし無線が使えない時のために、レーザー通信用の発信器も用意しておいてくれ。接近するぞ！」

「了解した」

佐々木が、コンソールのキーを叩くのを横目で見ながら、ヒロユキは推進機のコントロールレバーをゆっくりと倒した。


この日、豪華旅客宇宙船スターオーシャン号は、地球から木星へと向かうツアー客二百五十人を乗せて、小惑星帯航路を進んでいた。

『船長から、ご乗船のお客さまがたにお知らせいたします。本船は現在、小惑星帯の中心地点に差しかかりました。拡大モニターで、周辺の小惑星のようすをご覧になっているかたは、本船が停止しているように感じられると思います。ですが、これは太陽の周りをまわっている小惑星の速度と、本船の速度をシンクロさせ、相対速度をゼロに近づけているからでございます。なぜ、このようなことをするのかと申しますと、本船は小惑星帯居住者向けの貨物コンテナを搭載しており、これをこの地点で切り離すためでございます。

ご存じのとおり、この小惑星帯の大部分は、いまだ人類の手が届かぬ未開の地であり、ここには〝帝国の遺産〟を求めて、いま現在も十万人近い人々が入りこんでおります。また、この小惑星帯は地球連邦政府の手の届かぬ無法の地でもあり、宇宙海賊の出没が噂されるエリアでもあります。貨物の受け渡しのために、小惑星と同じ速度で飛行している現在の本船の状態は、宇宙海賊にとって格好の獲物かもしれません。しかし、われわれは乗客のみなさまの安全を最優先として行動いたします。乗客のみなさまにおかれましては、どうぞご安心ください。船長からは以上です』

船内放送を終えた船長に、隣に立っていた航海士が言った。

「宇宙海賊のくだりは、いらなかったのではありませんか？」

「なに、お客さんへのサービスのひとつだよ。宇宙旅行ってのは、惑星が近づくまで景色が変わらないし、やることがなさすぎて客が飽きる。無重力体験だって、上下の感覚がなくなって気分が悪くなる客のほうが多い。海賊が出るかもしれません、くらいのドキドキワクワク感を乗客に与えるのも、船長の役目さ」

「ええ、それはわかります。しかし、先日も連邦宇宙軍から不審宇宙船の通達がまわってきたばかりですし……」

「ああ。あの、帝国の文献に出てくる〝蒼き剣〟型戦闘艦と同型艦の目撃情報か？　ああいった噂とか情報ってのは、定期的に流れるんだ。そういうものがあって欲しい、という願望だよ。その願望は、お客さんの中にもあるのさ。ありっこないものを、あるかもしれない、と思わせてやるのも、乗客サービスのひとつだよ」

船長がそう言って笑った……そのとき、スターオーシャン号のブリッジに接近警報が鳴り響いた。

『右舷より、未確認船接近中！　識別信号を出しておりません！　船影は登録されている、どのパターンにも該当しません』

航行業務支援ＡＩの電子人格の報告と同時に、モニターに光学センサーが捉えた、不審船の姿が大写しになった。

ブリッジにいた全員が、息を呑んだ。そこに映し出されていたのは、帝国の文献にあった、戦闘艦〝蒼き剣〟そのものだった。

「なんだ、あれは！」

「なんであんなものがここに！　レーダーに反応はなかったのか？」

『反応はありません。いま現在も、レーダーは反応しておりません』

「馬鹿な！　いかにステルス性が高いといっても、目視できる距離だぞ？　それなのにレーダーに映らないというのか！」

「救難信号を出せ！　連邦宇宙軍に通報だ！」

そう叫んだ航海士に、船長が叫んだ。

「待て！　やめろ！　信号を出すな！」

「船長！」

「われわれが最優先すべきは、乗客の安全の確保だ！　見ろ！　あの船を！　あれはどう見ても砲塔を備えた戦闘艦ではないか！　救難信号を発信すれば、間違いなく攻撃してくるに違いない！」

「では、どうすれば……」

「相手からのアクションを待とう……なんらかの要求があれば、あちらから連絡してくるはずだ。すべての通信デバイスを開放し、相手の連絡を待つんだ」

「乗客には、なんと説明を……」

「いかん、それを忘れていた！」

船長は視線を船内モニターに投げた。メインロビーは、さまざまなコスプレをした人々で溢れている。

「仮装パーティが始まる時間だな……外のようすに気をとめる客は少なそうだ。念のため右舷展望室の拡大モニターを調整中に切り替えろ。貨物受け渡しのために相対速度をシンクロしている、と説明してある。しばらくはごまかせるだろう……」

航海士が、光学モニターの映像を分析したデータを、メインモニターに表示して言った。

「あの不審船の大きさが判明しました。全長およそ三百五十メートル。艦型は葉巻型。直径はおよそ八十メートル、かなりの大型艦です」

ブリッジがざわついた。

「全長三百五十メートル？　宇宙戦艦じゃないか！」

「あの砲塔を見ろよ！　あれがビーム砲だとしたら、すごい破壊力のはずだぞ」

「帝国の戦艦だとしたら、想像もつかない超兵器を積んでいるかもしれない……」

豪華客船スターオーシャン号のブリッジの中に、張り詰めた、息詰まるような時間が流れていた、そのころ——。

「なんでだよ！　なんで何も応答しねえんだ！　見殺しにするつもりかよ！　ああくそ、もう腹が減って倒れそうだ！　佐々木！　早く食い物をくれ、と送信しろ！」

「さっきから何度も送ってる！　でも、まったく応答なしだ……どうやら、発進するときの振動とか、落ちてきた岩とかが当たってアンテナが破壊されて無線が届かないらしい。レーザー通信に切り替えよう。ここまで近づけば通じるだろう」

「マーシャル号に搭載してあったレーザー通信装置は、指向性が高い、小型のものデスヨ？　ちゃんと相手の受信器に向けてセットしないと、通じマセン。だいじょうぶデスカ？」

佐々木はうなずいた。

「ああ、そう思って、レーザー発振器を砲塔の砲身の先に取り付けておいた。砲塔は可動式で、三百六十度、どの方向にも向けられるからな……よし、このあたりだろう……」

「通信用のレーザー受信機は、普通、ブリッジの上のマストに設置されているはずだ。きっちり合わせろよ」

「了解！」

佐々木はそう言うと、ダクトテープでコンソールの上に取り付けられたレバーを倒した。このレバーにはワイヤーが取り付けられており、例のスーパーモーターに繋がったワイヤープーリーを動かして、回転力を砲塔の取り付け部分の中にあるプーリーへと伝達することができるようになっている。囮《デコイ》としての完成度を高めるためなのだろう、ワイヤーは上下左右すべての砲塔と繋がっており、ひとつの砲塔を動かすと残りの砲塔と連動して同じ方向を向くようになっている。つまり、佐々木の操作によって、戦艦の砲塔はすべてスターオーシャン号のブリッジを向いたことになる。この佐々木の行為には、そういう理由があった。だがその理由は、主砲を向けられたスターオーシャン号のブリッジにいた船員には、わかるはずもなかった。

「砲塔旋回！　全砲塔がこちらを照準しました！　臨戦態勢です！　船長！　連邦宇宙軍に連絡を！　救難信号を発信すれば、パトロール艇がすぐに来てくれます！」

パニックを起こした通信士を見て、船長はゆっくりと答えた。

「〝すぐに〟とは、いつかね？　十秒後かね？　それとも一分後かね？　あの戦艦の発砲を阻止できるのかね？　できぬのなら、相手を刺激することなく要求に従うべきだ。あの戦艦に乗っている連中が何者かはわからんが、人を殺したがっている快楽殺人者でも、破壊願望の持ち主でもないことは確かだ。もしそうだったら、わがスターオーシャン号は、乗客乗員四百名とともに、とっくに小惑星帯の宇宙ゴミ《デブリ》と化していただろう。騒がず、相手の出方を待つんだ」

その時、通信管理ＡＩの音声が流れた。

『不審船より微弱なレーザーが、本船に向けて発信されております。レーザーによる通信と思われます。解読しますか？』

「レーザー通信か……直接通話ではなく、文面でやり取りをしようというわけだな。声も顔も明かしたくない、ということか……なんと言ってきたんだ？」

通信士が文面を読み上げた。

「短いメッセージです。〝食料と飲料水、そしてナースを要求する〟……です」

船長と航海士は顔を見合わせた。

「ナース……というのは、看護師《ナース》のことだろうか？　それだけか？　医師や医薬品の要求は？」

「ありません……こちらから聞いてみますか？」

通信士の言葉に、船長は首を振った。

「いや、詮索するように取られるかもしれん。顔も名前も出さない用心深い連中だ。刺激しないほうがいいだろう」

「もしかするとあいつらの中に負傷者か病人がいるのかもしれません。しかし、そうだとすれば、看護師ではなく、医師と必要な医薬品を要求するはずです……このスターオーシャン号に船医が搭乗していることを知らないわけがありません」

そのとき、考えこむように腕組みをしていた航海士が、はっと目を見開いた。

「この文面のナースとは看護師のことではなく、個人名なのかもしれません！」

「個人名？　ナースなどという人物が、本船の乗船客の中にいるのかね？」

目の前の端末で乗船名簿を調べた航海士が叫んだ。

「います！　正確にはナースではなく、ナースリムです。ナスリチカ・ナースリム。ナースリム・グループのご令嬢です！」

航海士の言葉を聞いた船長は驚きの声を上げた。

「ナースリム・グループだと？　あの、自家用宇宙船の設計と生産技術で、東欧の小さな企業から製造業のトップクラスに躍り出た新興財閥か！　目的が彼女だとすると、これは……身代金目的の誘拐というわけか！」

航海士は小さくうなずいた。

「身代金目的の誘拐は、海賊の得意とする行為ですね……略奪や襲撃をする海賊は、もはや物語の中にいるだけで、近代のアラビア海などで行なわれた海賊行為は、その多くが身代金目的の誘拐事案でした。ナースリム・グループのご令嬢、ナスリチカさまは、確か一人旅で、家族や随行員がいなかったはずです……おそらくＳＮＳか何かで、情報が漏れていたのかもしれません」

通信士と航海士は、船長の顔を見た。

「いかがいたしますか？　船長……」

船長は、しばらく無言だった。そしてひと呼吸ほどの間《ま》を置いたあとで、苦渋の表情を浮かべて、静かに言った。

「本件については、わたしが全責任を取る。救命艇を用意し、食料と水の積みこみを急がせろ。そして……ナスリチカ嬢を船長室にご案内してくれ。事情はわたしから話そう」

「了解しました！」

航海士はそう言うとブリッジから出ていった。

一方そのころ、オール・オア・ナッシング号のコントロールルームでは、三人が死んだように無気力に転がっていた。

「なんで連絡船が来ねえんだよ……こっちは遭難者なんだぞ……佐々木、おまえ、ちゃんとメッセージ送ったんだろうな？」

コンソールに突っ伏したままヒロユキが聞くと、その隣で同じくコンソールに顔を伏せたままの佐々木が答えた。

「ああ、ちゃんと送った……〝食料と水と、医療要員《ナース》を送ってくれ〟……って」

「ナース？　ああ、確かに今のおれたちには必要かもしれない……でも、なんで医者を頼まなかったんだ？　あんな豪華客船だぞ？　船医の一人や二人、乗りこんでるはずだぞ？」

「ああ、言われてみればそうなんだけどな……なんとなく、看護師《ナース》のほうが医者を派遣してもらうよりも、支払う費用が安くなりそうな気がして……」

「ソレは貧乏性という病気デスネ」

「ずっと寝ていたヤツは、軽口を飛ばす余裕があってうらやましいぜ……」

床に寝転がったまま答えたウォルターに、ヒロユキが恨み言をつぶやいたとき、メールの着信音のような、ポーン！　という電子音が響き、佐々木の前にあるモニターに、文字が並んだ。

「おお、やっと返事が来た……くそ、待たせやがって」

そうつぶやいて顔を上げてモニターを見た佐々木が、怪訝な顔になった。

「なんだこりゃ……なんでこんなことを聞いてくるんだ?」

「こんなことって?」

「ナスリチカ嬢の身体の安全を保証しろ……だとよ、ナスリチカ嬢って、誰だ? ヒロユキ、おまえ知ってるか?」

ヒロユキは首を振った。

「いや、おれは知らない。心当たりはない。ウォルターは?」

「わたしはアズサさんひとすじデスネ。ほかに女はいマセン」

佐々木は考えこんだ。

「誰も思い当たらない……ということは、どういうことだ?」

床に寝転がっていたウォルターが顔を上げて言った。

「それは、おそらく、派遣されてくる看護師《ナース》サンの名前ではないでショウカ? たぶん女性の看護師《ナース》サンなのデスヨ。飢えた男が三人待ち構えているトコロに女性を送りこむことが、心配なのデスネ、キット」

「〝飢えている〟の意味が違う! と言ってもわかんないだろうし……〝了解した。早くしてくれ〟と返信してくれ」

「わかった……」

佐々木が返信すると、すぐに答えがあった。それは、〝食料と飲料水、そしてナースを載せた救命艇を発進させる〟という内容だった。

「やっと救命艇が送られてくるのか……受け入れ準備しなくちゃな……おい、ウォルター、おまえも手伝え」

「やれやれ、寝ているわけにはいかなくなりマシタか……ドッコイショッと」

声をかけられたウォルターは、どこぞのおっさんのようなかけ声と共に立ち上がると、ヒロユキのあとについて、気密作業服が置かれているロッカーに向かった。

救命艇などを入れておく格納庫は居住スペースの後方にあり、大型バスサイズの標準型救命艇を二隻並べて収納できるほどの広さがある。格納庫はエアロック構造になっており、中の大気を抜いて、後部の気密シャッターを開けて救命艇や連絡艇を出し入れして、作業が終わればシャッターを閉じて大気を注入すれば、気密作業服を着こまなくても、連絡艇の中から船内に入ることができる。

ウォルターと二人で格納庫に入ったヒロユキが、後部の隔壁のドアを閉めてドアの真ん中のボタンを押してロックすると、天井のほうで何かが動いて、シュウシュウという音が聞こえてきた。気密作業服のヘルメットの中に表示されている外部気圧の数字が、どんどん下がっていく。

『これだけ広い部屋の酸素が無駄になるのは、もったいない気がシマス』

『構造はよくわからないけど、中の大気をすべて外部に放出せずに、ある程度は吸収して船内にストックするシステムがあるみたいだな……』

『なるほど……詳しく調べてみたいデスネ』

『無事に持ち帰ることができれば、連邦政府の技術解析班がやってきて、とことん調査してくれるさ。そのへんの作業はプロに任せようぜ』

ヒロユキはヘルメットの中の大気圧表示にゼロが並ぶのを確認してから、後部のシャッターに近づいた。シャッターの脇の壁面に、ドアなどの真ん中についているのと同じサイズの丸いスイッチがある。

『ドアなんかと同じ部品を使っているんだろうな……じゃあ押すぞ。格納庫内に大気が残っていたら、大気と一緒に外に吸い出されるかもしれないから、しっかりつかまっていてくれ』

『わかりマシタ！』

ウォルターがそう言って手すりにつかまったのを確認してから、ヒロユキは壁面のボタンを押した。床を伝わって小さな振動音が伝わってくるのは、例のスーパーモーターの力が、ワイヤーを通じてシャッターを動かしているのだろう。

振動音が始まって五秒ほど過ぎたとき。シャッター全体が、がくん！　と揺れ、それと同時に、格納庫内に積もっていた白い砂埃が掃除機に吸いこまれたかのように、シャッターのほうに動いた。格納庫内に残っていた薄い大気が宇宙空間に吸い出されたときに、一緒に動いたのだろう。

ヒロユキが、ベースキャンプの係留装置からはずして格納庫の床に設置したレーザービーコンのスイッチを押すと、上がり始めたシャッターにストロボ点滅のように細かく明滅するレーザー光が当たって、チカチカとした赤い光が格納庫の中を照らし始めた。だが、シャッターが上がるにつれて、レーザー光は宇宙空間に吸いこまれて見えなくなった。

しばらくすると、レーザー光が進む先に、銀色の四角いバスのような物が見えた。

『汎用救命艇だ……二十人乗りの、小型のやつだな』

『これで、やっとごはんが食べられマスネ。シェイクスピアも言ってイマス――〝ごはんが食べられないと、おなかがすくじゃないか〟ト……』

『それはシェイクスピアのセリフじゃねえ！』

ヒロユキとウォルターが、いつものかけ合いをやっているうちに、救命艇はどんどん近づいてきた。

『自動操縦だから問題ないと思うけど、アクシデントに備えて、格納庫の隅にある退避場所に入っていようぜ』

ヒロユキに促されて、格納庫の隅にヒロユキが強化隔壁で作った二メートル四方ほどのコの字型の壁の後ろに入ったウォルターは、内部を見まわして言った。

『このスペースは、退避場所だったのデスネ。工具置き場かと思ってイマシタ』

『可燃性の燃料を使っていないから、爆発する心配はないんだ。だけど、停止のタイミングが遅れて突っこむ、みたいなアクシデントはあるからな。用心にこしたことはないさ』

やがて、船体の四隅にあるストロボの警戒灯を点滅させながら、救命艇が格納庫の中に入ってきた。人が歩むような速度でレーザービーコンの前に進み出ると、安全範囲でピッタリ止まった。

ヒロユキは退避場所から出ると、救命艇の前にある電磁カプラーに、ベースキャンプの係留装置からはずして持ってきていた電磁カプラーを押し当ててボタンを押した。

ガキン！　という感触が手に伝わってくるのと同時に、カプラーの上部にある表示灯がグリーンに輝いた。

『よし、ウォルター。シャッターを閉めてくれ』

『了解しマシタ』

ウォルターが壁面のボタンを押すと、気密シャッターがゆっくりと下り始めた。そしてシャッターが完全に下りきって、ガキンとロックされるのと同時に、気密作業服のバイザーに表示されている気圧表示の数字が上がり始めた。

格納庫は広いが、その分大気を入れ替えるポンプなどの容量が大きいのだろう、大気圧が一ヘクトパスカル近くまで上昇するのに、一分もかからなかった。

ヘルメットバイザーの中の気圧表示が安全圏であることを確認したヒロユキは、共通無線チャンネルで呼びかけた。

『大気圧は、通常気圧になりました。ドアを開けてもだいじょうぶです』

救命艇からの返事はない。

――警戒しているのかな？　まあ、無理もない……外見はどう見ても不審船。それも帝国の戦艦だものな……だいじょうぶだってことを証明して見せないと、ダメかもしれない。

『えーと、信用してくれないみたいなので、これからヘルメットを脱ぎます。呼吸できることを確認してください』

ヒロユキはそう言うと、首のところにある気密パッキングのロックをはずして、ジッパーを開き、ヘルメットを脱いだ。

耳の中に入れてあるインカム用のイヤホンから、若そうな女性の声と、それを翻訳した自動音声が聞こえた。

『地球人？　東洋人ですか？』

『ああ、地球人、日本自治区の人間さ……おれたちのことは、何も聞いてないのか？　救難信号と一緒に、すべての個人データを流していたはずなんだが？』

『聞いていない。船長さんは、言わなかった』

自動音声による同時通訳は、最小限のことしか伝えないので、子供が話す片言のように聞こえるのは仕方ない。

『とにかく、怪しい者じゃない……というか、遭難していたので、ろくに食っていないんだ……積んできた食料をくれないか？』

『わかりました。ドア、開けます』

インカムから返事が聞こえてから、三十秒ほど過ぎたとき、救命艇の外殻の一部が長方形に切り取られたように、ガコン！　と内側にへこんだ。そしてそのままゆっくりと横にスライドしていくのと同時に、ドアの下部が下りて、昇降口になった。

そしてドアの中から姿を表わしたのは……海賊だった。

上から下まで黒ずくめで、赤い裏地の黒いマントを羽織り、黒い合成皮革のダブルの革ジャンの胸のところにはでかでかと白いドクロマーク。黒いレザーパンツに黒いブーツ。髪は金髪のロングで、右目に黒い眼帯、顔には斜めに大きな傷跡がついている。年齢はよくわからないが、二十代半ばだろうか。

「うわ！　海賊だ！」

思わず声を上げたヒロユキを見て、その女海賊は嬉しそうに言った。

「ああっ！　海賊だ！　本物の海賊ですね！　あなたたち！」

6　宇宙海賊始めました

海賊はおまえだろうが！……とヒロユキが言う前に、目の前の女海賊は、まくしたてた。

「船長はどこ？　何をのんびりしているの？　早く逃げないと連邦宇宙軍が来るわよ！」

「船長はおれだが……なんの話だ？　なんで連邦宇宙軍から逃げなきゃならないんだ？」

女海賊は、〝なに言っているんだこいつは……〟という顔になった。

「戦って勝つ自信があるのかもしれないけど、わたしは巻き添えはいやです。目的を達したら、逃げるのが生存のためのセオリーだと思います！」

「ちょっと待て！　話が見えない！　コントロールルームに来てくれ。そこで話そう」

「そんな時間ありません。すぐこの戦艦を動かしてください！　少なくとも航路外へ！」

「状況もわからないのに、動かせるわけがないだろう！　おれたちは遭難者なんだぞ！」

女海賊は、怪訝《けげん》な顔になった。

「遭難者？　どういうこと？　話が見えないわね……」

「話が見えないのはそっちだ！　とにかく来い！　ウォルター！　救命艇に積んである貨

物を確認して、食料と水があったら、持ってきてくれ」

「了解デス」

コントロールルームに入ってきた女海賊を見て、佐々木は目を丸くした。

「なんだ、このコスプレねーちゃんは！」

「失礼な！……そりゃあ、確かに海賊は大好きだけど。これは客船で仮装パーティの最中に連れ出されたからよ。普段からこんな格好しているわけじゃないわ。わたしの名前は、ナスリチカ・ナースリム……東欧州ロシア自治区出身よ」

ナスリチカの言葉を聞いたヒロユキは聞き返した。

「ナースリムってのに、聞き覚えがあるんだけど。ロシアの自家用宇宙船のメーカーに、ナースリム・グループってのが……」

「ああ、パパの会社ね。それがどうかしたの？　ナースリム家の娘だからわたしを誘拐したんでしょ？　悪いけど、わたしは末娘で、家族から相手にされてないから、身代金はもらえないかもね……」

佐々木はヒロユキに聞いた。

「誘拐？　身代金？　このコスプレ女の言っているのはなんのことだ？」

「さあ？　おれにもなんのことだか、さっぱり……」

「わたしは名乗ったわ。船長さん、名前はなんというの？」

「木戸博之だ。ヒロユキ・キド」

ナスリチカは目を見開いた。

「船長《キャプテン》キッド？　やっぱり海賊じゃない！」

「キッド、じゃねえ。キド、だ！　日本によくある名字だ！　海賊とは関係ねえ！　こいつはおれの同僚で佐々木則行、ノリユキ・ササキだ……」

ヒロユキがそこまで言ったとき、ドアを開けて、プラスチック製のコンテナボックスを抱えたウォルターが現われた。

「木戸サン！　佐々木サン！　食料デス！　食い物デスヨ！　水もありマス！　これで生き延びることができマスネ！」

喜色満面の笑顔でそう言ったウォルターを指さして、ヒロユキは続けた。

「……そしてコイツがウォルター・ゴードン・ウィルソン。イギリス自治区出身だ」

「はじめまして、お嬢さん、ウォルターと申します」

ウォルターは流暢《りゅうちょう》な英語でそう言うと頭を下げた。

「わたしはナスリチカ・スボルダ・ナースリムと申します。よろしく」

ナスリチカは、英語で返して小さく会釈したあとで、食料コンテナを抱えて喜んでいるウォルターと、無精髭を生やして、ボサボサ頭の佐々木、そして同じく無精髭の伸びたヒロユキの顔を見まわして、聞いた。

「三人だけ？　たった三人で海賊やっているの？」

「だから海賊じゃないって！」

　ヒロユキはそう言ったあとで、ウォルターに向きなおった。

「ウォルター、彼女に、おれたちがなぜこんなことになったのか、その事情を彼女が理解しやすいように、英語かロシア語で説明してくれ。自動通訳だと、細かいニュアンスが伝わらないかもしれない」

「わかりマシタ。では……」

　ウォルターは、英語に時々ロシア語を混ぜて説明し始めた。もともと語学に堪能で、日本語を使いこなせるだけあって、ロシア語も流暢だ。

　ナスリチカも、やはりロシア語のほうが話しやすいのだろう、ロシア語八割、英語二割くらいの混ぜかたで答えている。

　三分ほど会話したあとで、ナスリチカは、感動したように目を潤《うる》ませてヒロユキの前にやってきた。

「あなたがたがここにいる理由は、おおよそ理解しました。会社の倒産と、推進機の故障、遭難、飢餓というさまざまなアクシデントを乗り越えて、ここまで来られたのですね。そしてその苦難が、あなたがたが海賊になる動機だったと……」

「おい、ウォルター、伝わってねえぞ！」

その時、今まで黙ってヒロユキたちのやり取りを聞いていた佐々木が、ぽつりと言った。

「いや、待て、ヒロユキ。おれたちは海賊なのかもしれないぞ？」

「おまえまで、何を馬鹿なことを言い出すんだ？　何か伝染《うつ》ったのか？」

「彼女が、おれたちを頭から海賊だと信じこんでいる理由を考えてみたんだ。おまえ、海賊ってどんな連中のことだと思う？」

──いきなり何を言い出すんだ、こいつは？　いやそういえば、コイツはそういうやつだっけ。理屈っぽくて、納得するまで動かないところがある。仕方ねえ、相手してやるか。

「そりゃあ、海賊ってのは、武装した海賊船に乗ってだな……」

「このオール・オア・ナッシング号も、外見は宇宙戦艦で、武装しているように見えるな」

「ああ、外見はな。砲塔だってついてるし……ちょっと待て。武装した戦艦に乗っているからといって海賊になるわけじゃないだろう！　海賊ってのは、こう……金や物資を奪ったり、誘拐したり、そういった犯罪行為をするから海賊なんだぞ？」

「武器を突きつけて、物資を要求するのは、犯罪だよな？　人質を攫《さら》うのも……」

佐々木の言葉に、ヒロユキはうなずいた。

「ああ、それはれっきとした強盗だし、誘拐だ。でも、それがおれたちと……」

──なんの関係がある？　と言おうとしたヒロユキの口が止まった。

「あれ？　もしかして……」

　佐々木はうなずいた。

「そうだ、おれたちが気がついていなかっただけで、おれたちがやった行為をやられた側から見たらどう見える？　おれたちは救難信号を発信し続けていた。だからそれが受信されていると思いこんでいた。でもそれが、相手に届いていなかったら？　いきなり現われた巨大な宇宙戦艦が、砲塔を向けて、食い物と水と、そして……ここが大きな誤解だが、〝看護師《ナース》を派遣してくれ〟と言ったのが、どういうわけか〝ナスリチカ嬢をよこせ〟と伝わった。巨大なビーム砲に見えるものをブリッジに向けられて、〝食い物と水、そして富豪の娘をよこせ〟と言われた客船は、おれたちをどう見る？　遭難して、〝帝国の遺産〟の偽装宇宙戦艦でやっとのことで脱出してきた、腹ペコで死にそうな三人の哀れな男たちだと思うか？」

「それは……思わないな……」

　佐々木は悔しそうに続けた。

「くそ、あの砲身に取り付けたレーザー発信機が、トドメをさしたのかもしれん……出力が弱くて指向性が強い発信機だから、方向を定めるために、自由に動かせる場所がいいと思ってあそこにつけたんだが、そりゃあ何も知らない相手から見れば、砲口をこっちに向けているとしか思えないよな……おまけにほかの砲塔も連動して同じ方向を向くようになっているから、全砲門を向けられたように見えるし……」

「そして、通話じゃナクテ、文面でのメッセージのやりとりデスから。〝食料と水をくれ〟という言葉も相手には〝食料と水をよこせ！〟という強要するようなニュアンスで伝わってしまったのかもしれマセン」

「まいったな、こりゃ……」

怪訝な表情で三人の会話を聞いていたナスリチカは、納得したようだった。

「わかりました。〝あなたがたは海賊ではなかった。でも、海賊になってしまった〟ということですね？」

「まあ、そういうことになるかな……」

仕方ねえな、というふうに答えたヒロユキを見て、ナスリチカは叫んだ。

「だったら、なぜ、そんなふうに、のんびりしていられるのですか！　逃げなさい！　今すぐ逃げるのです！」

「なんで逃げなくちゃいけないんだ？」

「ああ、もう！　なんで日本人というのはそんなに無防備なのですか！　連邦宇宙軍がやってくるからに決まっているじゃないですか！　彼らは海賊に容赦しません！」

ナスリチカの言葉を聞いたウォルターが、真剣な顔でヒロユキに言った。

「木戸サン！　ナスリチカの言うとおりデス！　逃げマショウ！　ここはとりあえず逃げ

たほうがいいと思いマス！」

「なんでだよ。連邦宇宙軍がやって来たって、別に構わないじゃないか。ちゃんと事情を説明すれば……話せばわかってくれると思うぜ？」

「話してわかる相手とはかぎりマセン。シェイクスピアもこう言ってイマス――〝話せばわかると言う者は、問答無用で撃たれる〟ト……」

「それはシェイクスピアじゃねえ！　五・一五事件のときの犬養毅《いぬかいつよし》首相のエピソードだ！」

「デモ、真理デスネ。相手が犯罪者として明らかな場合、特殊部隊は無警告で撃ちマスネ。それと同じデス。相手が海賊だとわかっていれば、問答無用デス」

佐々木がうなずいた。

「ウォルターの言うとおりだ。とりあえず逃げよう。連邦宇宙軍を日本の警察の基準で考えちゃいけない。日本の警察官は〝撃つ前に考えろ〟と教育されているが、連邦宇宙軍は〝撃ってから考えろ〟と訓練されている」

「敵よりも早く引き金を引く訓練、俗に言う〝条件付け〟というやつデスネ」

「わかった。とにかく逃げりゃいいんだな？」

「ああ、そうだ。その先はとりあえず安全な場所に行ってから考えよう」

ヒロユキはコントロールルームの操縦席にすわってから、佐々木に言った。

「あの客船にお礼を言っておいてくれ。〝品物は受け取った。感謝する。貴船の航海の無事を祈る〟とね」

「おれたちは海賊なんだぞ？　お礼なんか言うか？」

「矜持《きょうじ》ってヤツさ。礼儀を欠くのはよくない。それにおれたちは海賊じゃない」

佐々木は、肩をすくめた。

「まあ、礼儀と言われれば礼儀だよな。わかった。メッセージを送っておく」


スターオーシャン号のブリッジで、通信士からメッセージを伝えられた航海士が、吐き捨てるように言った。

「ふざけやがって！　何が〝航海の無事を祈る〟だ！　海賊のくせに！」

船長は、航海士を抑えるように右手のひらを向けて言った。

「ふざけていると思うのも無理はないが、わたしにはきちんと礼を言ったように感じるね」

「礼ですか？　犯罪者ですよ？」

「〝犯罪〟というが、特に金品が強奪されたわけではない。引き渡した食料や水も、そもそも救難者向けのストックだ。死傷者も出ていない。確かにナスリチカ嬢の誘拐という行為は犯罪だし、ナースリム家にとっては災難だろうが、やりかたが実に合理的で、野蛮な匂いがしない」

「船長は、犯罪者の肩を持つのですか?」

とがめるような目で見る航海士に向かって、船長は諭《さと》すように言った。

「別に肩を持つつもりはない。だがね、地球では今でも連邦政府に反旗をひるがえす分離主義者たちが、テロに明け暮れている。子供の身体に爆薬をくりつけて囮《おとり》爆弾にしたり、学校や病院の貯水タンクに毒物を投げこんで、何百人もの死者を出したり、そしてネットの画面でそれを誇らしげに語るあの連中に比べれば、あの海賊連中はまだ話ができそうに見える。彼らとわれわれのあいだには共通の価値観が存在しているということさ。ただの比較論だがね」

航海士は考えこんだ。

「確かに……そう言われてみれば、船長のおっしゃるとおりかもしれません……」

「この事件が報じられたら、世の中は大騒ぎになるだろう。帝国の宇宙戦艦に乗った宇宙海賊を、世界じゅうのマスコミが追いかけまわすだろうな。きみもわたしも、しばらくはマスコミ相手で大変だぞ……通信士! 連邦宇宙軍への通報準備はできているか?」

「緊急周波数による救難通報は、いつでもできます!」

「あの海賊船が光学センサーの範囲から消えたら、救難信号を発信しろ。それと同時に、全周波数帯で発信だ! 文面は、〝我、海賊に遭遇せり〟——そのあとに現在の位置情報を続けて発信だ！　それと、会社に報告を入れるのも忘れるな。乗組員に、〝弁護士の許可があるまで、マスコミの取材にいっさい答えるな〟と通達を出せ」

船長は、矢継ぎ早に指示を出したあとで考えた。

――この事件は、センセーショナルな事件として世界じゅうに広がるだろう。おそらくあの海賊船の連中が、最後にわれわれに送ってきたメッセージも、マスコミを通じて人々に広まるに違いない。あのメッセージは、あの海賊に対する憎しみを薄れさせ、逆に親しみを感じさせることになる。物語の中に登場する義賊のイメージを重ねる人も出てくるだろう。その効果まで計算して、あのメッセージを残したとしたら……あの海賊はひと筋縄ではいかない連中かもしれないな。

豪華旅客宇宙船スターオーシャン号の船長が、ヒロユキたちを盛大に買いかぶっていた、そのころ――。

そのヒロユキたちを乗せたオール・オア・ナッシング号は、航路をはずれた小惑星帯の中を全速力で航行していた。

「航路外に逃げこんだんだから、そんなに急がなくてもだいじょうぶじゃないのか？　小惑星帯の航路外は、司法権の及ばない治外法権のはずだぞ？」

コントロールスティックを握って、小惑星帯の中を飛ぶオール・オア・ナッシング号を操縦していたヒロユキの疑問に、ウォルターが首を振って答えた。

「わたしも、そう考えていマシタ。でもそれは大きな間違いみたいデスネ。ナスリチカさんの話によると、そう考えて小惑星帯の航路外に逃げこんだ犯罪者は、みんな〈アウトバック・パトロール〉と呼ばれる、連邦警察と連邦宇宙軍の混成特殊部隊に追い詰められて殺されているソウデス」

「そういう組織があるんじゃないかという話は聞いたことがあるけど、本当だったんだな……。それにしても、なんでそんな部隊があるんだ？　小惑星帯ってのは、法律も国家も権限が及ばない空間なんじゃないのか？」

ヒロユキの質問に、こんどはナスリチカが答えた。

「そうです。小惑星帯の管理区域外は、連邦国家警察も連邦宇宙軍も権限を持ちません。そして司法権が及ばないということは、法律の手続きも何ひとつ必要ない、ということです。つまり、特殊部隊にはフリーハンドが与えられた、ということです。彼らは個人の権限で犯罪者を追い詰め、殺すのです。最初のころ、それを考慮しない反社会な団体や人物が、小惑星帯にアジトを作ろうとしました。〝法律が及ばない場所ならば、自分たちで好き勝手できる。ここはおれたちの天国だ！〟というわけです。しかし、彼らの組織の拠点は、ことごとく潰され、構成員は誰ひとりとして生き残りませんでした。彼らは、自分たちもまた法律によって守られていたということが、理解できなかったのです」

「〝法律も国家もない。あるのは力だけ。力の強いものが正義〟という世界ですカラネ……暴力に関しては警察や軍隊にかないマセン。彼らはそれで食ってるプロですカラ」

「そりゃあ、武力と武力、火力と火力の勝負になれば、ヤクザやマフィアなんか、正規軍に勝てるわけない……でかい顔して暮らしていた野良犬の群れに、鎖をはずされたオオカミが襲いかかるようなものかもしれないな」

「というわけで、ただ逃げまわっていてもダメだ。〈アウトバック・パトロール〉の目を逃れて、どこかに隠れ、ほとぼりを冷ます必要がある。今までのような、無防備な行動は命取りだ」

佐々木の言葉に、ヒロユキは言い返した。

「コソコソ逃げまわって隠れるなんて、まるで犯罪者じゃないか！　あ、いや、犯罪者なのか、今のおれたちは……でもよ、隠れるって言ったって、どこに隠れりゃいいんだ？　こんなでかい宇宙戦艦が隠れられそうな、都合のいい小惑星なんか知らねえぞ？」

佐々木はニヤッと笑って答えた。

「あるじゃないか、このオール・オア・ナッシング号が納まって、その上に岩盤で蓋ができる裂け目を持つ小惑星が……」

ヒロユキは目を見開いた。

「β《ベータ》43679に戻れって言うのか？　あれだけ苦労して、死ぬ思いで、やっとのことで脱出してきたのに！」

思わず叫んだヒロユキをなだめるように、ウォルターが言った。

「仕方ありマセン。勝手知ったるなんとやら、デスヨ。確かにあそこなら、パトロールに見つかることはありマセン。しばらく潜伏するには持ってこいデスネ。宿舎《ベースキャンプ》の水耕栽培、入浴施設なんかの設備は使えますし、あそこで生活していても、今までと変わらないわけですから、〈アウトバック・パトロール〉にはバレませんデスネ。今回、豪華客船から食料も水も手に入れることができマシタ。当分はだいじょうぶデス」

「当分って……何日分だ？」

ウォルターは、汎用端末を操作して、小さくうなずいた。

「食料は、普通に食べて、約四十五日分ありマスネ。水は、雑用水や推進剤に使う分も計算して、三十日以上持ちマス」

「四十五日分か……それまでに誤解を解いて、おれたちは海賊じゃないってことをなんとかして伝えないとな……」

ヒロユキがそうつぶやいたとき、円形の机の端っこにすわっていたナスリチカが、小声で言った。

「あの……着替えたいのだけど……」

どうやら、冷静になって、自分の海賊コスプレが恥ずかしくなって来たらしい。

「ああ、そりゃそうだ。いつまでもそんな格好でいるわけにはいかないよな。普段着に着替えてきなよ。着替える場所……というか、女の子用のプライベートルームが必要だよな。この船のコントロールルームの後ろに、三人部屋が二つある。どっちも使ってないから、奥のほうを使ってくれ。そこがきみの部屋だ」

ヒロユキの言葉を聞いたナスリチカは、少しムッとしたような表情を浮かべた。

「〝女の子〟なんて呼ばないでください。わたしは子供ではありません」

「え？　ああ、ごめん。なんとなく自分より年下の女性は、みんな〝女の子〟と呼ぶ癖があって、馬鹿にしているとかそういう意識はなかったんだが、気に障ったのなら謝る」

ヒロユキの言葉を聞いたナスリチカは、怪訝な顔になった。

「わたしが年下？　あなたとわたしとは、それほど年齢に差はないと思いますが？」

「おれは三十五歳だよ。あんたは、まだ三十前だろう？」

「三十五歳？　うそ、オッサンじゃない！　東洋人の年齢ってわかんない！」

「オッサンで悪かったな！　とっとと着替えてこい！」

「わかったわよ！」

ナスリチカは、ぷいっと顔をそらすと、コントロールルームを出ていった。

「なんだよ、あの女……」

その後ろ姿を見送ってつぶやいたヒロユキに、佐々木が言った。

「〝金持ちのお嬢さまはワガママだ〟というのは、洋の東西を問わず、万国共通なんだろうな」

「話してみた印象デスガ、頭の回転は早そうデスネ」

ウォルターがそう言ってうなずいたとき、ヒロユキは気がついた。

「おい、ちょっと待て。おれたちはごくあたりまえにあの子を受け入れちまっているが、考えてみれば、なんで、一緒に行動しなくちゃならないんだ？　海賊と誤解されていると気がついた時点で、あの子を救命艇で送り返せば、こんなことにならなかったんじゃないのか？」

「あ……」

「Oh!……」

佐々木は、ウォルターと顔を見合わせて絶句したあとで、弁解するように頭をかいた。

「いや……まあ、冷静に考えればそうだよな……でもよ、ろくにメシも食ってないボーッとした頭で、救命艇から出てきた女海賊に、いきなり〝早く逃げろ！　おまえらは海賊になったんだぞ！　このままじゃ殺される！〟とか言われたら、まともな考えなんか浮かばない、というか、先のことなんか考えられないぞ」

「まあ、確かにおれも人のことは言えねえな……わけがわかんなくって、とにかくここから逃げるという解決策しか思い浮かばなかったからな。それにしても、あの子はどうするんだ？　航路からここまで離れちまったら、救命艇に乗せて放り出すわけにはいかないぞ？　それこそ犯罪だ」

　佐々木はため息をついた。

「はあ……仕方ないな。連れていくしかないだろうな。ほかにどうすればいいのか思いつかない」

「頭がまわらないのは、やはり血糖値の低下が原因デスネ。まずお腹に何か入れまショウ。考えるのはそれからデスヨ。客船が送ってきてくれたコンテナには、非常用の備蓄食料パックだけじゃなくて、普通のレトルト食品も入ってイマシタ。やっとまともなモノが食べられマスネ」

「流動食しか食ってないところに、いきなりガッツリとした物を食うと、胃が受けつけないぞ、まずはクラッカーとか、ビスケットとか、そういったものをスープで流しこんだほうがいい」

　佐々木の言葉を聞いたヒロユキはぼやいた。

「ビスケットとスープか……混ぜたら流動食と変わんねえな……」

「まあ、そう言うな。飢餓状態でいきなり脂肪分や味の濃い物を食うと、へたすると命に関わる。ビスケットと甘めのミルクティーでも、充分血糖値は上がる。脳にとってはご馳走さ」

「では、用意してまいりマスネ」

そう言ってコントロールルームを出ていくウォルターの背中に、ヒロユキは声をかけた。

「何も手を加えないで、そのまま持ってこいよ。オリジナルのビスケットとミルクティーだ。変なアレンジはいっさい不要だからな！　食料の中にマーマイトとかが入っていても、絶対にビスケットに塗ったりするなよ！」

「マーマイトはおいしいデスヨ？」

「食い物の嗜好を認める。そしてそれを強要しない。そして他人の嗜好を否定しない。この食い物三原則さえ守れば、世の中はもっと平和になるんだ！」

ウォルターは肩をすくめた。

「仕方ありマセン。シェイクスピアもこう言ってイマス――〝縁《えん》なき衆生《しゅじょう》は度《ど》し難《がた》し〟と」

「それはシェイクスピアじゃねえ。坊さんの説法だ！」

「意味は同じデスネ」

そう言い残したウォルターがコントロールルームを出ていって一分もしないうちに、ドアが開いた。

――あれ？　ずいぶん早いな……でも、ビスケットやミルクティーに変なアレンジしないで持ってきたってことなら歓迎だな。

そんなことを考えながら、ドアを振り返ったヒロユキは驚いた。

ドアのところに、見慣れない女が立っていた。

後ろで無造作に束ねた引っ詰め髪に、ちょっと力のない、気弱そうな目。鼻筋は通っているが、端正と言うより、貧相な顔の輪郭。なで肩で少し背を丸めている姿勢のせいで、全体にもっさりした印象を受ける。それより何より、その格好がひどい。気密作業服の下に着用するインナーウェアの上下姿なのだが、よりによって、その高機能インナーの色がエンジ色で、全体にめぐらせた体温と湿度を管理する微細繊維を束ねたメイン回路の帯が白色で、そいつが三本、両腕と両足の外側に走っているという、どこからどう見ても、日本自治区の中学校の体育用のジャージにしか見えない服を着ている。

「おまえ……誰だ？」

声をかけられた女は、きょとんとした顔でヒロユキを見て答えた。

「誰って……ナスリチカですよ？　ほかに誰がいるって言うんですか？」

「あ、いや、ごめん。さっきと全然イメージが違うから……眼帯も傷跡もないし」

「眼帯はコスプレだし、傷跡は特殊メイクで剝がせます」

「いや、それはわかってるんだが、なんというか、いっきに地味になったので、見違えたというか、なんというか……」

ナスリチカは、半分投げやりな口調で言った。

「あなたが普段着でいいって言うから、普段着になっただけよ。メイクなんて面倒くさいことやってられないしね」

「普段からその格好なのか？」

ナスリチカは、どう見ても体育のジャージにしか見えない、自分のインナーに目を落として答えた。

「ええ、そうよ。これはいいわね。暑くも寒くもないし、軽くて汗を乾かしてくれて、匂いもしない。肌が乾燥することもない。この色とデザインは、昔に見た日本のアニメに出てくるキャラクターが着ていたのと同じにしてもらったの。オーダーデザインよ」

少し自慢げに答えたナスリチカを見て、ヒロユキは佐々木と顔を見合わせた。

「……なんのキャラだろう？」

佐々木は首を振った。

「多すぎてわからない……学園モノなら体操着だし、体育の教師役かもしれない」

「アニメならいいけど、こうやって実際に着ている女を見ると、なんというか、見ちゃいけないものを見たような気分になるな……」

自分の姿を見たヒロユキと佐々木の微妙な顔つきに気がついたのだろう、ナスリチカは少し不安げな表情になった。

「あの……もしかして、どこかよろしくなかったのでしょうか？　宗教上の禁忌《タブー》に触れるとか、民族的アイデンティティを冒瀆《ぼうとく》するような文化盗用を行なうつもりはなかったのですが……」

ヒロユキは慌てて顔の前で手を振った。

「いや、そんなたいそうな意味はないよ。安心してくれ。その格好は……その、なんというか……」

ヒロユキが言葉を探していると、そこにビスケットのパックと、ドリンクパックの載ったトレイを持ったウォルターが戻ってきた。

「ビスケットとミルクティー、持ってきましたデスヨ……あれ、ナンデスカ？　このモジョコさんは」

「〝モジョコ〟？　なんですかそれ？」

怪訝な顔になったナスリチカに、ウォルターはさらっと答えた。

「モジョコというのは、日本では、漢字で〝喪女子《もじょこ》〟と書きマスネ。ネガティブ思考で、モテる意欲や彼氏を作る努力を喪失している女性のことを喪女と呼ぶのです。呼び捨ては礼を失していますノデ、喪女子さん、と〝さん〟づけで呼んでいるのデスネ」

意外にも、ナスリチカは怒らなかった。いや、その逆だった。目を輝かせたのだ。

「モジョコさん……すばらしいです！　その言葉には、愛があります！　〝そういう女もいる。いていいんだ〟という寛容の精神があります！　それは……〝恋愛だけが女の価値だ。それ以外の価値観を持つ女は馬鹿だ。女として不適格だ〟と攻撃する姿勢ではありません！　ああ、わたしは日本に生まれたかった！　日本の普通の女の子に生まれて、モジョコになって、恋愛とかに煩わされずに、ただひたすらに海賊のことだけを考えていたかった！」

「うわ、なんかやばいスイッチが入ったみたいだぞ……」

ヒロユキの言葉に、佐々木が小声で答えた。

「この女、戦艦オタクのおまえと同じ匂いがする……海賊オタクだ。間違いない。へたすると、このオール・オア・ナッシング号に、〝海賊マークを描こう！〟とか言い出すかもしれないぞ……」

「まさか、そんなこと……」

ヒロユキは笑った。だが、それは笑いごとではなかった。

7　営業活動推進プロジェクト

β《ベータ》43679に戻って来たヒロユキたちは、オール・オア・ナッシング号を谷底にある格納庫に着陸させたあと、船外に出て、スーパーモーターのプーリーにかけてあったワイヤーを一回ひねってからかけ替え、逆回転させて岩盤を閉じた。

頭の上で、ゆっくりと閉じていく岩盤を見上げて、ナスリチカは驚きの声を上げた。

「すごい仕掛けね……見るからに海賊の秘密アジトって雰囲気だわ……」

「これは全部〝帝国の遺産〟ってヤツさ。おれたちが作ったわけじゃない。おれたちは、発見しただけだ」

「発見するのだって、すごいことだわ。ましてや帝国の宇宙船を動かすなんて、歴史的偉業じゃない！」

「本当は、そうなるはずだったんだけど……どこで間違えたのかな……」

ヒロユキはそうつぶやくと、ナスリチカに聞いた。

「きみの気密作業服はあるの？　おれたちのサイズなら、予備の気密作業服がある。サイズが合わないだろうけど、手足の長さに合わせるアジャスターで調整すれば、この船を出て谷の上にあるベースキャンプまで行くくらいなら、だいじょうぶだと思う」

ナスリチカは、にっこり笑って答えた。

「あ、わたしの気密服はありますから、だいじょうぶです。救命艇に備えているものが、わたし専用のものです」

「専用？　オーダーメイドってこと？」

「はい。父の会社で作っていますので……」

ヒロユキは思い出した。

──ああ、そうか。この子の父親は、宇宙船の設計と製造だけじゃなくて、宇宙服の生産と開発をしている会社や、生命維持装置か何かを作っている会社を傘下《さんか》に持っている宇宙工学関連グループのトップの大企業だっけ。それなら自分用のオーダーメイド宇宙服くらい持っていて当然だよな……。

「じゃあ、そいつに着替えて、コントロールルームの前方にあるエアロックに来てくれ」

「わかりました」

後部格納庫に格納してある救命艇に向かったナスリチカを見送ったヒロユキはぼやいた。

「すげえなあ、オーダーメイドの気密服か……きっと高価なんだろうな」

「わたしたちの気密作業服も、半分オーダーメイドみたいなものデスヨ？　手足と体格に合ったサイズのパーツを選び出して、組み合わせて作ったのデスから」

「そういうのは、オーダーメイドというよりは、イージーオーダーというべきだな。いわゆる既製品のパーツを組み立てるわけだ。本当のオーダーメイドってのは、着用者の型を取って、それに合わせて組み立てていく一点物だ。値段がひと桁違う」

佐々木の言葉を聞いたウォルターは、目を見開いて両手を小さく広げた。

「お金というのは、あるところにはあるものデスネ」

「そうさ。そして、ないところにはないんだ。辛い結論だけどな」

ヒロユキたち三人はそんなことを言い合いながら、コントロールルームに置いた保管ロッカーの中に入れてあった気密作業服を着用し始めた。三人が気密作業服を着用し終わったとき、コントロールルーム後方のドアが開いて、気密服を着たナスリチカが現われた。

「お待たせしました……」

分厚い気密服は、もこもことしたシルエットだが、着用しているスリムなナスリチカの体型が、なんとなくわかる。

——身体の線が見えるわけではないのに、着ている人間のイメージが浮かぶ、というのが、オーダーメイドの特徴なのかもしれないな……。

隣にやって来たナスリチカの気密服を見たヒロユキは、その気密服の表面の生地が、自分たちの気密服と少し違うことに気がついた。

気密服の表面はアラミド繊維やケブラーなどの強靭な繊維を緊密に織った布で作られており、色は太陽の熱を反射するためにすべて白色である。白色であることに変わりはないのだが、その白さの中に小さく模様のようなものが浮かび出ているのだ。

目を凝らしたヒロユキは、その模様の中に、あの有名ブランドの〝L〟と〝V〟が重なっているマークを見つけた。よく見るとほかのマークも例のブランドのマークだ。

「その気密服……もしかして、あの有名ブランド製か？」

ナスリチカは曲げた肘を持ち上げて、ヒロユキに気密服の袖を見せて言った。

「これは、〝どうしても、このメーカーのブランドの気密服が欲しい！〟というお客さんの要望で、生地に模様を入れて、提携ブランドとして作ったものです。あのメーカーでは気密服の縫製は無理ですので、製造はうちの工場でやったのですが、そのさいに一緒に作ってもらったものです」

「金持ちの感覚ってのは、おれのような貧乏人には理解できそうもないな……さあ、ベースキャンプに行くぞ。エアロックに入ってくれ」

ヒロユキはそう言うとドアを開けた。

脱出のタイムリミットが迫るなかで、備品を取りはずしたまま、あとかたづけも何もしないで飛びだした状態の宿舎《ベースキャンプ》の中は、ひどいありさまだった。それでもなんとかかたづけて、酸素供給装置を起動させ、重力素子への通電を行ない、とっ散らかっているゴミをリサイクル選別装置付きのゴミ箱に叩きこんで、いちおうは生活できる環境を取り戻した。

「まあ、こんなところかな……二階にあるパーソナルルームに空き部屋がひとつあってよかった。トイレとシャワールームが共同なのは我慢してくれ」

「海賊の人質にされれば、きっともっとひどい目にあわされるって覚悟してたけど、それに比べれば天国よ。多少の不便は、ガールスカウトのキャンプみたいなもので、不自由を楽しめばいいんだしね」

そう答えて笑ったナスリチカの顔を見て、ヒロユキは思った。

——おれの耳に届いている会話と口調のニュアンスはAIを経由したもので、彼女本来の言葉ではないけど、最初のころの他人行儀というか、ぎこちなさが、ずいぶん少なくなってきたような気がする……人と人の距離感は時間が埋めるのかもしれないな……逆に距離が離れていくこともあるけど、まあ、あまりよそよそしいのもなんだし、これくらいでいいのかもしれない……。

かたづけと物資の搬入がひと段落ついたので、オール・オア・ナッシング号から持ちこんだ水と食料の中にあったシュガーラスクとココアでひと息入れたとき、佐々木が言った。

「さて、ひと息ついたところで、これからどうするか考えようぜ」

「しばらくここに潜伏して、ほとぼりを冷ますんだろ?」

ヒロユキの言葉に、佐々木は難しい顔になった。

「ああ、その方針は変わってない。ウロウロ出歩くのは自殺行為だ。でもな、問題はここに隠れていると、ほとぼりが冷めたかどうか、それを知る手段がないってことなんだ」

「地球のラジオとかテレビの電波は受信できないの? 探査衛星なんかは、地球よりもっと遠くまで飛んでいってるのに、データが受信できるじゃない」

不思議そうな顔をするナスリチカに佐々木は首を振った。

「テレビの電波というのは、探査衛星とかの通信と違って指向性が高く、遠距離では受信できない。受信できたとしても、それは膨大な雑音の塊のようなもので、いくつものフィルターをかけて、その中から必要な信号だけを取り出して、さらにそれを音声や映像として意味があるものにするには、とてつもなく手間がかかる。だから、地球のニュースを小惑星帯に送るときは、長い時間をかけてデータを送り、小惑星帯側の基地局でそれを再構成して、中継衛星を使ってエリアの中にいる汎用端末に向けて動画配信をしている。だが、そのデータ通信がカバーしているのは、小惑星帯の航路内だけでね。ここでは受信不能なんだ」

ココアをかき混ぜながらウォルターが言った。

「のこのこと航路に戻るわけにはいきマセン。帝国の宇宙戦艦に乗った宇宙海賊が出現して、地球でもっとも稼いでいる宇宙産業の社長令嬢を誘拐して逃亡、なんて事件が世間を騒がせないはずがありマセン。当然、〈アウトバック・パトロール〉とやらも、本気を出してわたしたちを探しにかかっているはずデスネ」

「くそ、マーシャル号が使えれば……というか、あの船の推進機がぶっ壊れたことが、そもそもの始まりなんだよな……」

そう言って、苛立たしげに、シュガーラスクをガリガリと噛み砕いたヒロユキに、ナスリチカが聞いた。

「わたしが乗ってきた救命艇は使えませんか？」

「救命艇には、現在地を発信するトランスポンダーという装置が組みこまれているんだ。あのオール・オア・ナッシング号は、ほぼ完璧に電磁波を遮断する構造になっているから、船内に格納した時点で、その装置は無効化されている。船外に引っ張り出すとしたら、そいつを取りはずさないといけないのと、そもそも救命艇は、長い距離を航行するように作られていないんだよ」

シュガーラスクをココアに浸しながら佐々木が聞いた。

「救命艇の推進機だけはずして、マーシャル号に取り付けられないか？」

「救命艇に搭載されている推進機は、帝国製の高電圧バッテリーを利用して、アーク放電によるプラズマを生成して推進力にするアークジェットエンジンだ。推進剤は液体リチウムだから、救命艇のタンクにある分を使い切ったら、手に入らない。燃費が悪すぎるんだ。マーシャル号がもう少し小型で、軽量だったらよかったんだがな……」

そこまで言ってからヒロユキは気がついた。

「……いや、待てよ？　別に、おれたちが航路の近くまで出かける必要はないんじゃないか？　ニュースの配信を受けるだけなら、ダウンロード設定を組みこんだ汎用端末だけをドローンに載せて、航路近くに飛ばして、ダウンロードが終わったら戻ってくるようにプログラムすればいいんじゃないのか？」

「いや、ドローンはそんなに遠くまで行けない。航続距離が……」

佐々木はそこまで言ってから、何かを思いついたように考えこんだ。

「待てよ？　航続距離がネックだというのなら、そいつを伸ばす方法があればいいんじゃないか？　救命艇の推進機がユニット構造で取りはずしができるなら、それだけ引っこ抜いて、そいつにドローンの制御系を載せて、汎用端末積んで、飛ばすことはできそうだ。人間が乗らないのなら、生命維持装置や居住設備は必要ないから、小型軽量で加速もできる……」

佐々木のつぶやきを聞いたウォルターは、心配そうに言った。

「そんな、あっちとこっちを貼り付けたような、やっつけ仕事の宇宙船が、ちゃんと飛びマスカ？」

その疑問に答えたのはヒロユキだった。

「宇宙空間は、地表と違って大気がないし、重力もない。翼も空気抵抗もないから、はっきり言ってどんな格好のものでも、推進機さえついていればいいんだ。宇宙船の設計が難しいのは、船内に人間が生きていける環境を作ってそれを維持し続けなくてはならない、という部分なんだ。端末だけを飛ばして回収するだけでいいのなら、それほど難しくはないと思う」

「そうなんデスカ。では、さっそくとりかかりマショウ。時間がありマセン」

「時間って……なんの時間だ？」

ウォルターは、ばつが悪そうな表情で答えた。

「食料と水の残りデス。四十五日分、とお答えしまシタが、消費人数が一人増えたことを忘れて計算してイマシタ。実際には三十四日分しかありマセン」

「なんだって？　三十四日分？　一ヵ月ちょっとしかないじゃないか！　せっかく、普通の生活に戻れるかと思ったのに……」

そう言い返したヒロユキとは対照的に、佐々木は考えこむように言った。

「……ということは、あと一ヵ月をめどに、今のこの状況に決着をつけなくちゃいけない、ということか……とにかく、情報収集を急ごう。世間がどんなふうに騒いでいるか、その動きを見定めないと、動くに動けない」

「わかった。じゃあ、おれは救命艇を調べて、推進機ユニットが取りはずせるかどうか確認してくるわ。ついでにトランスポンダーの回路とかも調べて、電波が出ないようにしておこう……あ、そういえば電波で思い出した。ナスリチカは汎用端末持ってる?」

いきなり話を振られたナスリチカは、びっくりしたように答えた。

「あ、はい。持ってますけど。それが何か?」

「汎用端末のアプリには、位置情報を教えるヤツがあるだろう? ここは圏外だから、それほど心配はいらないけど、もしかしたら〈アウトバック・パトロール〉が、それを利用してきみを捜そうとするかもしれない。悪いが、その機能を完全に停止させておいてくれないか?」

「わかりました。念のため、ということですね」

ナスリチカはそう言うと、自分の左手に向かって話しかけた。

「ギャルソン、位置情報を発信する機能を停止させなさい」

すると、汎用端末が、ロシア語で答えた。

『かしこまりました、お嬢さま……』

その声質は、ヒロユキの汎用端末にインストールしている電子人格のノーマンと同じだった。

「あれ? その電子人格の音声アプリは……」

「はい。レトリック・プロモーション製の電子人格、ラックスの男性執事モードですけども、それが何か？」

ヒロユキは黙って自分の汎用端末を取り出して話しかけた。

「ノーマン、こちらのお嬢さんにご挨拶をしろ」

『はじめまして、お嬢さま。わたしは、木戸さまの執事で、ノーマンと申します。以後お見知りおきを』

ナスリチカは目を見開いた。

「同じ声ですね！　言葉は違うけど……わかります！　この声は昔の日本の声優さん。ジョージ・ナカタという人の音声データを元に作られたんですよね！　渋い声で、わたしファンなんです！」

「へえ、違う言語ですが、声が同じというのはおもしろいデスネ……」

ウォルターはそう言ったあとで、少し心配そうな顔で続けた。

「日本語とロシア語の違いがあるから、だいじょうぶだとは思いますけど、同じ声だと、間違えたりしませンカ？　どちらかが音声データを変更するといいかもしれマセン」

ウォルターの言葉を聞いていた佐々木が即座に言った。

「ヒロユキ、おれの音声ライブラリーから、どれでも好きなの選んでいいぞ」

「おまえのライブラリーは、萌《も》え声ばっかりじゃねえか。いやだよ、そんなの！」

「萌え声じゃない、癒《い》やし声と呼べ。キャピキャピした声がいやなら、落ち着いた、秘書っぽい声もあるぞ。まあ。いくつかサンプルを聞いて、その中から選べ」

「わかったよ。あとで変更しておく……」

佐々木とのやり取りを聞いていたナスリチカが、すまなそうに言った。

「ごめんなさい……わたしが変更しましょうか？」

「いや、いいよ。女の子のものを取り上げるような真似はしたくない……」

ヒロユキの言葉を聞いて、ナスリチカは、不満そうに唇を尖らせた。

「女の子と呼ぶのは、やめてください……」

「あ、そうか、いけね……というか、なんでそんなふうに、女の子って呼ばれるのがいやなの？」

「〝女の子〟という言葉には、〝何もできない子〟〝無力な子供〟という意味が含まれているからです。それは、成人した女性に対する蔑称です」

「そうか……そう言われてみれば、ごく普通にそう呼んでしまうのは、やっぱり頭のどこかに、〝女性を一人前じゃない〟と見ているからなのかもしれないな……ごめん。気をつけるよ」

素直に頭を下げたヒロユキを見て、ナスリチカは少し微笑んだ。

「ちゃんと謝ってくれるんですね、キャプテンは」

「そりゃあ、人間だから間違うこととかいろいろあるだろうけど、自分が間違っているとわかったら、そこで意地を張っても間違いが正しくなるわけじゃない。ちゃんと謝って、次から気をつけたほうが、そのあとうまくいく……ということを学んだだけさ」

そう答えたあとで、ヒロユキはナスリチカに聞いた。

「こんどから名前を呼ぶ。それでいいかい？」

「ええ。敬称なしで、そのままナスリチカと呼んでください。へたな遠慮も気遣いも無用です」

「了解した。さて、仕事に戻ろう。救命艇を調べないとな……」

「残り日数が限られているってことは、またもや工程表を作らなくちゃならないのか……おれはいつも、何かの工程表を作ってるよな……まあそれが仕事なんだけど」

佐々木はそう言うと立ち上がって、コンソール前の指定席にすわって、サブモニターを起動させた。

「メインモニターをオール・オア・ナッシング号のコントロールルームに移設したから、この小さいやつしかないけど、シングルタスクで処理するなら、これでもいいか……」

「では、わたしは水耕栽培のタンクに水を入れて、レタスとラディッシュの種をセットしてキマス。新鮮な野菜は必要不可欠デスネ」

ウォルターがそう言って立ち上がった。

「あの……わたしは何をすれば？」

ヒロユキたち三人は顔を見合わせた。

「そういえば、ナスリチカは何ができるのか聞いてなかったな……」

「というか、ゲストみたいなものでしたカラネ」

「何か資格、持ってる？」

「はい。会社経営と特許出願、証券取引業務などに関することは、いちおう教わっています……でも、実務に携わったことはありません。〝子会社の経営に関わらせてくれ〟と頼んだこともありましたが、〝ナスリチカはそういうことに関わるな〟という父親のひとことでお終いです」

──そうか、彼女が女の子扱いされるのをいやがる理由は、そのあたりにあるのかもしれないな……。

不満と寂しさの入り混じった表情でそう答えたナスリチカを見て、ヒロユキはそんなことを考えた。

それから二日後、救命艇の推進機ユニットを取り出して、アルミパイプで作ったフレームに載せ、汎用端末に探査ドローンの自律航行ソフトを組み合わせ、推進機をコントロールする能力を持った自律式情報収集ドローン──キキミミ一号は、小惑星β43679から、小惑星帯航路に向かって飛び立った。

「自律航行ソフトで飛んでるから、あとは戻ってくるのを待つだけだな」

「一日で戻ってくるというのは、ずいぶん早いデスネ」

「小型軽量だから加速性能が高いんだ。設計と航法プログラムをやったおれを褒めてもいいんだぞ」

自慢げに鼻の穴をふくらませる佐々木を見て、ヒロユキは笑いながら言った。

「確かに佐々木のおかげだな。推進機ユニットの取りはずしと組みこみはおれがやったんだけどな……さて、戻ってくるまでに、オール・オア・ナッシング号の権利関係について、銀行に差し押さえをくらわないために、どんな手続きが必要なのか、その書類と疎明《そめい》資料をどう作るか、ナスリチカ先生に教わろうぜ」

「先生だなんて……そんなたいそうなものではありませんけどね」

恥ずかしそうに答えたナスリチカを見て、ヒロユキは真面目な顔で言った。

「いや、知識を持っている人間はみんな先生さ。おれは宇宙船の整備とか操縦はできるが、それ以外はシロウトだ。佐々木は機械設計とソフト、工程管理、そして重機のオペレーターはできるが、それ以外はまるっきりダメ。ウォルターも、帝国に関する情報については博覧強記《はくらんきょうき》だが、それ以外は特にない……つまり、おれたちはみんな現場の人間で、書類関係、特に法務に関しては、そのへんのコンビニの前にたむろしている塾帰りの小学生と変わらないレベル……いや、その小学生が世界一の公認会計士になって天下統一をめざす青雲の志《こころざし》を持った小学生だとしたら、おれたちはそれ以下だ」

「いやな小学生だな……まあ、ナスリチカがいてくれてよかったというのは本当だ。シロウトが聞きかじった情報で動くと、ろくなことがない」

ヒロユキと佐々木の言葉を聞いて、ナスリチカは小さくうなずいた。

「確かに〝帝国の遺産〟の発見とその所有権については、新しく作られた〈遺棄技術の発見と管理に関する法律〉——通称〈遺管法〉によって定められましたが、〝帝国の遺産〟が発見されたあとに発生する利益について、発見者と出資者のあいだで民事係争事案が多発しています。中には判例待ちの事案もありますが、おおよそのガイドラインが決まりましたので、今回のこのオール・オア・ナッシング号の発見についても、それに沿って判断できると思います」

ナスリチカはそこで言葉を切ると、サブモニターに表示された画面を指さした。

「モニターが小さいので、よく見えないと思いますが、ここに、みなさんが小惑星帯にやってくる前に、丸十製作所の社長さんと交わした契約書があります。なんというか、かなり曖昧な部分が多く、後日トラブルを生みそうな文章が並んでいますが、この契約書のおもしろい部分は、みなさんが丸十製作所の社員でありながら、会社ではなく、社長個人と契約している点です。法人の役員を示す文字がどこにもありません。会社の金を使ってみなさんを小惑星で働かせ、もし〝帝国の遺産〟が発見された場合、その利益は社長個人の懐《ふところ》に入るということです。これは背任ですね」

ヒロユキと佐々木は顔を見合わせた。

「あの社長、どんぶり勘定だから会社の金も個人の金も、あんまり区別ついていなかったんじゃねえかな？　経理まわりは全部親族で固めていたし……」

「なんというか、典型的な日本型の同族中小企業だよな。景気がいい時は余裕があったから、それでも会社がまわっていたんだろうけど」

「それは日本型と言うよりも、〝アジア型〟と言ったほうがいいかもしれマセン。中国や東南アジアにも、同じような形態の会社はたくさんありマス」

ウォルターがしたり顔で、うんうんとうなずいた。

「問題は、利益が社長個人の懐に入るということは、社長個人の懐から取られる債務もまた同じということです。社長の債権を持っている銀行は、あのオール・オア・ナッシング号に関する権利を主張するでしょう。それは仕方ありません。一銭も払わないという選択肢はありません。あなたたちが考えるべきことは、銀行に取られる利益を、少しでもすくなくして、あなたたちの取り分を少しでも多く確保することだと思います。そのための方法として、まずあのオール・オア・ナッシング号の実質的支配権、管理権を行使して、なんらかの業務を行なっているという形態を作らねばなりません。その業務によって生じた利益は、あなたがたの取り分であり、オール・オア・ナッシング号に生じる権利を拡大させることができます」

「業務と言ってもなあ……おれたちがやったのは、生き延びるための脱出と、あとは……」

「海賊行為デスネ……」

「海賊行為は業務じゃない、犯罪行為だ」

ヒロユキとウォルターの会話にツッコミを入れた佐々木に、ナスリチカは首を振って見せた。

「いえ、海賊行為がちゃんと国家から業務として認められたこともあるのです。いわゆる私掠船《しりゃくせん》と呼ばれるもので、敵対国の船舶から略奪した金品の一部を国家に納めることを条件に、国家が海賊行為を公認した私掠免状というのを発行していました。一八五六年のパリ宣言で消滅するまでは、地球のいたるところで行なわれておりました」

「へえ、十九世紀の中ごろまで、私掠船ってあったんだ」

驚くヒロユキを見て、ナスリチカはにっこり笑って言った。

「あまり知られていませんが、アメリカの南北戦争でも、南軍が私掠免状を発行して、北軍の艦船を襲わせたりしています。パリ宣言以降は、国家が公認する海賊行為はなくなりましたが、公認していないだけで、国家間の紛争が起こるたびに、背後に国家の影がちらつく海賊行為が発生しています。まあ、それらはすべて非合法ですが、たとえ非合法な手段であっても、それによって得た利益は、利益として扱われます。マネーロンダリング行為があとを絶たないのは、そういうわけです」

「非合法な商売に手を染めたくはないなあ……かといって、宇宙戦艦のハリボテでやれる商売なんて思いつかねえな。遊園地のアトラクションとか、実物大ディスプレイとして人寄せパンダみたいに使うとか……かなあ」

「それはそれで、人気が出そうですケドネ」

「問題は、どうやってあのオール・オア・ナッシング号を、小惑星帯から持ち出すか、というところだな。今の状態では、航路内に一歩踏み出した瞬間に、逮捕されてしまう」

三人は考えこんだ。

最初に沈黙を破ったのはヒロユキだった。

「非合法ではない、とするにはこれしかない……なあ、ナスリチカ。きみのお父さんの知り合いに、どこかの自治政府関係者はいないか？」

「いますけど……もみ消しですか？」

「いや、もみ消しじゃなくて、その人に私掠免状を出してもらうんだ。そうすれば非合法じゃなくなる……」

「……それは無理だと思います」

「あたりまえだ。どこの政府が、いまどき私掠免状なんか出すかよ！」

「そうデスヨ。私掠免状というのは、紛争関係にある国家間で出すものデス。出してもらいたケレバ、まず、紛争を起こさねばなりマセン」

「そういう問題じゃない！」

ヒロユキとウォルターのボケに佐々木がツッコミを入れる、三人のいつもの会話を聞きながら、ナスリチカは考えていた。

——父のコネを使って、事件の沈静化をはかることは無理でも、何か、別の切り口を考えてみることはできないかしら？　わたしは、行き詰まった企業のイノベーションは、逆転の発想から生まれるって教わった。今がそれを活かすときなのかもしれない……。


次の日、自家製の遠距離情報収集ドローンのキキミミ一号は、ちゃんと小惑星β436 79まで戻ってきた。そして、搭載していた汎用端末をベースキャンプの機器に繋いで、配信されていた動画ニュースチャンネルを見たヒロユキたち四人は驚いた。

〝宇宙海賊〟のタグがついた動画だけで、四万三千件に達していたのだ。どのチャンネルも、小惑星帯に出現した、帝国の宇宙戦艦に乗った宇宙海賊の話題ばかりだった。

芸能・アニメチャンネルでは、宇宙海賊を題材にした古いテレビアニメのダウンロード数が急上昇したり、海賊映画の配信登録が爆発的に増えたり、ハリウッドで宇宙海賊モノの映画がクランクインしたり、世の中はまさに〝宇宙海賊〟ブームの真っ最中だったのだ。

「すげえ……こんなことになっているなんて、知らなかった……」

「世間を騒がせているだろうな、とは思っていたけど、これは想像以上だな」

「帝国の宇宙船、それも宇宙戦艦ですカラネ。とんでもない超兵器とか、転移装置とか、人類が追い求めてきた夢が詰まっていると考えられているのでショウネ……人類が抱えて来たさまざまな問題をブレイクスルーする存在だと思われているのデスヨ」

「〝宇宙産業のナースリム社は以前からこの宇宙戦艦のことを知っていて、ナスリチカは、実はその秘密を独占するために送りこまれたのだ。この誘拐騒ぎは仕組まれた出来レースだ〟という陰謀論をぶち上げているところもあるわね……」

「海賊の正体は帝国人で、地球人がこれ以上〝帝国の遺産〟を掘り出さないように、宇宙船メーカーの社長の令嬢を誘拐し、圧力をかけようとしている、なんてトンデモ論を展開している評論家もいるぞ」

「海賊の正体は、十代から五十代かそれ以上の男もしくは女、または異星人だ！　と言っている犯罪評論家もいマスネ。競馬で全部の馬の馬券を買っておけば、おれの予想が当たったぞ！　と自慢できるというわけなんでショウネ……」

ひととおり配信画像を見終わった四人は、そろって大きなため息をついた。

「はあぁぁぁ……だめだ、こりゃ。ほとぼりを冷ますなんてことができる状態じゃねえよ。

ネットニュース社が懸賞金を出すというので、小惑星帯に入りこんでいる連中の中には、宝探し家業《トレジャーハンター》をやめて、賞金稼ぎ《バウンテイハンター》に鞍替えするやつも出てきたみたいだし、敵は〈アウトバック・パトロール〉だけじゃなくなってきたぞ」

「なんというか、おれたちが姿をくらましているせいで、情報が独り歩きしてしまっているという部分もあるみたいだな……想像力がたくましいというかなんというか……」

「かのウォルター・ゴードン・ウィルソンも言ってイマス――〝人は見えぬところに願望をあてはめて補完し、生みだした神話を真実として語る〟ト……」

「ちょっと待て。そのウォルター・ゴードン・ウィルソンってのは、おまえの名前だろうが！」

「バレましたか……ちゃんと聞いていてくれたのデスネ。本当はオーソン・ウェルズの言葉デス」

そのとき、ナスリチカがゆっくりと言った。

「逃げまわろうと考えるから、この状況が悪いほうにしか見えないのです。ここは逆転の発想で、攻めてみるというのはどうでしょうか？」

「攻める？　こっちから名乗りでるってことか？　どうやって？」

ナスリチカは、サブモニターに接続されている汎用端末を指さした。

「配信動画がダウンロードできるということは、アップロードもできるということです。

違いますか？」

「そうか！　おれたちが出ていく必要はないのか！　おれたちはここで潜伏して、汎用端末だけを飛ばして、リンクさせて動画メッセージをアップロードすればいいんだ！」

「でもよ、どんな内容の動画にするんだ？　おれたちが顔だしていくら説明したって、そんな動画に説得力なんかないぞ？」

「そうデスネ。わたしたちは……ナスリチカを除いてみんな有名人ではありマセン。無名の人間が動画をアップロードしても、誰にも見られないで終わりデスネ。山のようにアップロードされて、そのまま忘れ去られるゴミ動画と同じ扱いにされるのが見えてイマス」

ウォルターの言葉を聞いたナスリチカは、にっこり笑って首を振った。

「いいえ、あなたたちはみんな有名人です。それも、今、世界でいちばん有名な人間ですよ？　世間をにぎわせている宇宙海賊――それがあなたたちじゃないですか！　あなたたちは、宇宙海賊として情報発信すればいいのです！　戦艦そっくりのオール・オア・ナッシング号の外殻を映したドローン映像。そして宇宙空間にひるがえる海賊旗！　片目に眼帯、顔に傷跡を持つ、伝説の宇宙海賊として情報発信すれば、その情報は、またたくまに拡散され、世界じゅうの人々が見ることになります！　そのうえで、堂々と姿を現わせばいいのです！」

「おれたちに海賊をやれっていうのかよ！」

驚くヒロユキに、ナスリチカは人さし指を立てて振って見せた。

「あなたたち、ではありません。あなたに、です。キャプテン・キド」

「おれかよ！」

「はい、こう言ってはなんですが、キャプテンの体格とか顔の輪郭とかは、メイク次第で充分いけると思います。わたしに任せてくだされば、立派な海賊にしてあげられると思います！」

「海賊してあげられる……って簡単に言われても……それに、衣装とかはどうするんだ？　まともな服なんか一着もないぞ？　買いに行くことだってできやしない！」

「わたしのコスチュームがあります。あれをアレンジすれば……」

「サイズが違いすぎるだろうが！」

「だいじょうぶです。〝切ってつないで〟をすれば、なんとかなります。わたし、部屋に行って持ってきます！」

ナスリチカはそう言うと、事務室から出ていった。

ヒロユキとナスリチカの会話を聞いていた佐々木が、おもしろそうな顔で言った。

「いや、ヒロユキ、案外悪い話でもない。世間がこれだけ宇宙海賊の話題で盛り上がっているときに、おれたちが海賊として名乗りでれば、世間の目はいっきにおれたちのところに集まる。さっきのニュース動画とかを見ていて気がついたんだが、世間の目は、おれたちにさほど厳しくない。〝海賊は犯罪者だ。探し出して縛り首にしろ！〟とか言っている連中もいるが、そういうのは少数で、おもしろがっている人のほうがはるかに多い。つまり、何が言いたいかというと、おれたちは憎まれていない。うまく立ちまわれば、世間を味方につけることができるかもしれない、ということだ」

「なるほど、世間の人々を味方につければ、いかに治安当局といえども、問答無用で射殺することはできマセン。まず身の安全を確保したうえで、事情を説明するのは、よい手だと思いマスネ。木戸サン、ここはひと肌脱ぎマショウ」

「わかったよ。やりゃあいいんだろ、やれば！」

ヒロユキが答えると、佐々木は嬉しそうに言った。

「よしよし。それじゃあ、おれは動画に使えそうな、ドローンの撮影映像を用意しないとな……」

「わたしは、共通多重言語の用意をしておきマショウ。この動画は世界じゅうで再生されると思いマス。多重言語は必要デスネ」

いそいそと準備を始めたウォルターを見て、ヒロユキはぼやいた。

「おまえら……おもしろがっているだろう！」

「あたりまえだ。おそらくおれの人生において、こんなおもしろいことは、もう二度とないだろうからな！」

「恥ずかしがることはアリマセン。騒がれるのも今だけデス。シェイクスピアも『マクベス』の中で、こんなセリフをマクベスに言わせてイマス――〝人生は歩く影にすぎない。持ち時間だけ舞台を気取って歩き、わめき、やがて噂にもされなくなる〟ト……」

「珍しく、本物のシェイクスピアの引用だな……宇宙ゴミ《デブリ》でも降るんじゃないか？」

「心外デスネ……でも、『マクベス』の引用だとわかるのは、さすがデス」

感心したように答えたウォルターを見て、ヒロユキは笑った。

「『マクベス』なんか知らないよ。ただ、今回の引用は珍しく真面目な顔で言ったから、ああ、これは本物のシェイクスピアなんだろうな、と当たりをつけただけさ」

「感心して損しマシタ……というか、人の顔色で真偽を見破るとは……おぬし、伊賀者デスカ？」

「……まったく、どこからそういう言いまわしを拾ってくるのやら……」

ヒロユキがため息をついたとき、ナスリチカが自分の部屋から大きなスーツケースを引きずって戻ってきた。

「コスプレ用の衣装を持ってきました！　サイズ合わせをしましょう！」

「合わせるまでもないと思うぞ。きみの身体のサイズとおれのサイズを見ればわかる。きみのその女海賊の衣装を、どうやったらおれが着られるって言うんだ？」

「カメラに映る部分だけ衣装があればいいんです。別に歌って踊るわけじゃないでしょう？」

ナスリチカはそう言うと、コスプレ衣装に、大胆にハサミを入れて背中の部分を切り裂き始めた。

そして一時間後、共用スペースのコンソールの前に、宇宙海賊姿のヒロユキが立っていた。

右目に黒い眼帯。顔には大きな傷跡。耳に大きなイヤリング。胸に大きく白い頭蓋骨と交差した骨のマークが描かれた黒いジャケット。赤い裏地の黒いマント。そして、頭には海賊船の船長のトレードマークである三角帽。

ヒロユキの前に立った佐々木は、感心したようにつぶやいた。

「驚いたな……こいつは確かに海賊だ……前から見れば、の話だがな」

「これ、背中はどうなっているのデスカ？」

「背中は、服がありません、前だけです。エプロンみたいな状態で、身体にガムテープで貼り付けてあります。マントを羽織ればごまかせると思います」

「昔、子供のころ、テレビのバラエティみたいな番組で、コメディアンがスーツの前半分だけ着ているコントを見た覚えがあるが、あれと同じだな。なんだか背中がスースーするような気がする……インナーを着ているから体温の差はないはずで、気分的なものだろうけど……それにしても、この大きなイヤリングはなんとかならないか？　チャラチャラしてうるさいし、ちょいと恥ずかしいんだけど……」

ヒロユキの言葉を聞いたナスリチカは、少し真剣な顔になって首を振った。

「海賊のイヤリングは、単なるファッションではありません。彼らにとってイヤリングは、海に落ちても溺れない、そしてサメに襲われないためのお守りでもありました。また、イヤリングに自分の名前と生まれ故郷の地名を刻み、亡骸《なきがら》を故郷の地で埋葬してもらうための埋葬料とした海賊もいます。そういったさまざまな呪術的な意味を持つ品物ですので、海賊に扮するのならそのイヤリングをはずすわけにはいきません」

「へえ、そんな意味があるのか……知らなかった」

素直に感心するヒロユキを見て、佐々木が笑った。

「でも、日本人がその西洋の海賊の格好をすると、どこか違和感があるな。やはりここは、ふんどし一丁で日本刀をかついだ倭寇《わこう》のコスプレをするべきだったんじゃないのか？」

その言葉を聞いたナスリチカは、残念そうな表情で首を振った。

「いいえ、倭寇は、世間一般の認識としてはマイナーですね。海賊を主人公にした物語とかも、ヨーロッパの海賊がメインですから、やはりこの格好で海賊アピールをしたほうが、受けがいいと思います。それに倭寇という言葉は、〝日本人の海賊〟という意味で、日本人がその役をやるのは合っているのかもしれませんが、その実態は日本人ではなく、禁海令を出して民間貿易を禁じた中国の明《みん》王朝に反発し、密貿易や略奪行為を行なっていた、中国の福建省や浙江省といった南方の人々が主体だったと言われています。倭寇を忠実に再現すると、青龍刀を構えた中国人の格好をすることになってしまいます。それに残念ですが、倭寇の衣装は持っていません」

「まあ、ナスリチカの言うとおりだな。日本人のおれだって、海賊と聞けば思い浮かべるのはこの格好だ。ふんどし一丁の倭寇を思い浮かべる人間は、よほどのマニアだぞ」

「そう言われてみればそうだな……さて、録画の準備はできた。メッセージは覚えたか？」

　ヒロユキは、うなずいた。

「ああ、いちおう暗記したが、念のために、カンペ出しておいてくれ。それにしても、なんかすごく大上段に振りかぶったメッセージだな。〝われわれの旗印は自由！　この管理社会からの自由を求める！〟……とか。〝われわれは善悪のどちらにも染まらない、昼でもない夜でもない黄昏《たそがれ》を行く者――黄昏海賊団《トワイライト・パイレーツ》である！〟……とか、芝居がかったセリフのオンパレードじゃないか」

「大上段に振りかぶって、大きく見せるというのも必要なのさ」

「そうデスヨ。人々は〝海賊〟という言葉にロマンを抱いてイマス。そのロマンに応え、人々が期待するものを見せてあげることで、われわれは人々を味方につけることができるのです」

「でもよ、そんなふうに言葉で飾るのは、あまりよくないと思うなあ……ほら、シェイクスピアも言っているじゃないか――〝巧言令色鮮《すくな》し仁〟って……」

「それはシェイクスピアじゃありマセン。『論語』デス！」

「どっちも大昔の人の言葉さ。同じだろ？」

「わたしがいつもやっていることをやられると、ムカつきマスネ……」

ヒロユキがウォルターに仕返しをしていると、佐々木が笑いながら言った。

「よし、録画を始めるぞ。カメラのほうを向いて、なるべく身体を動かさないようにしてくれ。ガムテープが見えちまう」

「了解……」

ヒロユキは、少し緊張した面持ちで、メッセージを読み始めた。

8　最初の獲物

「何が〝善と悪のあいだをさまよう黄昏海賊団《トワイライト・パイレーツ》〟だ……仕事を増やしやがって」

覆面哨戒艦三〇七号の艦長席にすわって、ヒロユキたちの動画を見ていたシャルル少佐は、忌々《いまいま》しげにつぶやいた。

「このところ、小惑星帯の中で発生している襲撃事件の犯人は、こいつらでしょうか？」

副官のドーレン大尉の言葉に、シャルル少佐は首を振った。

「いや、こいつらは別口だ……と思う」

「目撃されている襲撃者の宇宙船と同型ですよ？　帝国の遺留文献に記載されていた〝蒼き剣〟型戦闘艦です。〝帝国の遺産〟が、そんなにポコポコ見つかるものですかね？」

「確かに、襲撃地点で光学センサーに捉えられた宇宙船のシルエットは〝蒼き剣〟型で、スターオーシャン号を襲撃した連中と同じだ。だがよく見ると、サイズが違うような気がする。スターオーシャン号を襲撃したほうは、全長三百メートル超えの超大型戦艦だが、小惑星帯で宝探し《トレジャーハンター》の連中のベースキャンプを襲って、水や食料、推進機とかの金になるものを奪って皆殺しにしている連中の戦闘艦は、全長百メートルに満たない小型艦のようだ……」

「でも、宇宙空間では対比するものがないので、距離感とかがつかみにくいじゃないですか。スターオーシャン号のほうは映像データがありますけど、小惑星帯の襲撃事件のほうの戦闘艦は、サイズが明確じゃないですよ？」

シャルル少佐はうなずいた。

「確かに、サイズの違いだけで別物と判断してしまうのは軽率かもしれない。だが、やりかたが違いすぎる。スターオーシャン号襲撃犯……あの動画が本物だとしたら、黄昏海賊団と名乗ってる連中だが、こいつらは、やりかたがどうにもシロウトっぽい、というか、芝居がかっている。一発も撃たないし、危害を加えないし、別れぎわに礼を言うとか、そういう部分がな……だが、小惑星帯の中でトレジャーハンターを襲撃している連中は、いきなり襲いかかって殺して奪っている。やりかたがプロだ。暴力を使うことにいっさいのためらいがない。この二つの手口が同じ連中だとは、どうしても思えんのだ」

「少佐の言うとおりですが、その違いは、何をやっても法に触れない無法地帯の航路外と、法と治安部隊の管理する航路内における行動の違いだとは考えられませんか？」

シャルル少佐は考えこむように腕を組むと、ゆっくりと答えた。

「小惑星帯《アステロイドベルト》でやりたい放題のことをやっている連中は、自分たちを無敵だと信じている。

〈アウトバック・パトロール〉と戦っても勝てる自信があるのだろう。帝国の戦闘艦というほかに類を見ない力を手に入れた彼らは、その力をふるいたくて仕方がないのだ。だが、黄昏海賊団を名乗る連中には、そういった傲慢さがまったく感じられない。この二つが同じだと判断するには無理がある。人間というのは、そう簡単に行動の価値観を切り替えられる生き物ではないのだ」

ドーレン大尉は、ため息をついた。

「はあ……ということは、やっぱり二隻いるってことですか……帝国軍の戦闘艦は、われわれの、この地球製の戦闘艦とは比べ物にならない性能で、武装だって、われわれの艦が搭載しているレーザー砲なんかよりも威力の高い武器を備えているだろうってのに、それを二隻も相手にしなくちゃならないというのは辛いですね……」

「地球連邦が、小惑星帯の航路外は法律の及ばない無法地帯にすると宣言したんだから、エリア外にいるおれたちは、法的にはなんの権限もない、ただの民間人だ。別に海賊の相手をしなくてもいいはずなんだがな……」

「そこはそれ、ホンネとタテマエってやつですかね……」

そう言って肩をすくめたドーレン大尉を見て、シャルル少佐は思った。

――〈アウトバック・パトロール〉が作られた理由は簡単だ。地球連邦政府に余力がなかっただけのことだ。〝帝国の遺産〟が発見され、人々は宇宙をめざした。だが、人類の生存圏が急速に広がっていくその速度に、地球連邦政府は追いつけなかった。宇宙飛行士がほんのひと握りのエリートで、その技量を会得し維持できるのは、国家か、国家並みの財力を持った企業だけだった時代が終わり、宇宙船が飛行機のように生産され、宇宙飛行士が飛行機のパイロット並みのレベルで生まれてくる時代が到来したとき、地球人にとって〝世界〟という言葉は、地球を含む、太陽系全体を意味する言葉になった。そして、それと同時に、地球連邦政府は広大なエリアを管理し、統治しなければならなくなった。だがそれを可能にするノウハウも、能力も、地球連邦政府にはなかった。それについて、政府を責めるのは酷だろう。なぜなら、そんなノウハウを持った地球人は、どこにも存在していなかったからだ。

そして、地球連邦政府は決断した。政府としての管理と統治できるエリアを限定したのだ。そのエリア以外の場所は、管理も統治もしない。つまり司法も行政も存在しない地であり、足を踏み入れるのは自由だが、いっさいの保護を行なわない……と。

だが、実際には、こうやって、われわれ連邦宇宙軍と連邦国家警察は、混成部隊を組織し、〈アウトバック・パトロール〉と称して、その無法地帯の中で、犯罪者を追っている。法的にはなんの権限もない、ただの自警団だ。西部開拓時代のアメリカで、同じように自警団として発足したテキサスレンジャーが、やがて司法組織の中に取りこまれ、成立していったように、小惑星帯というこの〝恐るべき空白《アウトバック》〟が埋まるまで、われわれのような組織は存在し続けるのかもしれないな……。

そして、シャルル少佐は、小さな声でふふっと笑った。

「何か、おかしいことでも？」

怪訝《けげん》な顔をするドーレン大尉を見て、シャルル少佐は言いわけするように答えた。

「あ、いや、ただの思い出し笑いだ。例の……黄昏海賊団が言っていた言葉を思い出したのさ。〝小惑星帯に正義と悪に色分けされたものは存在しない。善悪の判断とは、誰かが決めたルールに従うことを言うのではない……〟というヤツだ。あれは、ただの自己正当化の言葉かもしれないが、おれたちにも当てはまるんじゃないか……と思っただけさ」

「確かに、〝黄昏時《たそがれどき》〟ってのは、〝昼でもない夜でもない、すべての輪郭が曖昧に見える時〟ですからね。世の中ってのは、わたしらのような現場の人間が、そういう曖昧なところで矛盾をすりあわせて、まわってるわけですよ……まず白だ黒だって決めつけて、枠にハメなくちゃ先に進めないような、そんな連中からみれば、曖昧なものってのは許しがたいのかもしれませんが、夜か昼しかない、そんな余裕も風情もない世界には住みたくないですな」

ドーレン大尉がそう答えた時、通信管理ＡＩの合成音声がブリッジに響いた。

警報！　警報！　救難信号を受信！　発信座標を確認中！

艦長席のシートに身体を預けていたシャルル少佐は、反射的に身体を起こすのと同時に、コンソールにある、戦闘待機のキーを押した。

覆面哨戒艦三〇七号の艦内に、キュイキュイキュイ！　という警戒音が鳴り響き、休憩のローテーションで持ち場を離れていた部下たちが、ブリッジに走りこんできた。

「遭難ですか？　襲撃ですか？」

「まだわからん、発信座標を確認中だ」

シャルル少佐がそう答えたとき、再びＡＩの声が響いた。


発信座標確認！　座標は航路外！　登録番号４３２２８９からの自動発信です。


それと同時に、三次元立体モニターの中に赤い光点が瞬《またた》いた。

「航路外ということは、連邦宇宙軍は出ませんね……われわれの仕事ですな」

ドーレン大尉の言葉に、シャルル少佐はうなずいて見せた。

「ああ、自動発信ということは、非常通信装置のセンサーが、真空状態を感知したということだ。宇宙船の外殻が破損した理由は、事故か、それとも襲撃か……まあ行ってみるまではわからんな。推進機三番四番始動！　発信地点に向かうぞ！」

「了解です。発信地点到着予定時刻は、おおよそ十一時間後……」

そう答えたあとで、ドーレン大尉はニヤッと笑って付け足した。

「助けに行きますか……民間人ですから、間に合わなくても、〝死んだのは宇宙軍のせいだ！〟と訴えられる心配がないぶん、気は楽ですね」

目の前のメインモニターに表示された航法データを見て、シャルル少佐は言った。

「ああ、航路外では、すべてが自己責任だ。自分の不幸を、誰かのせい……特に公的機関の責任にしたがる人間が多すぎた結果が、この〝すばらしき自己責任の世界〟というわけだ……三番推進機、四番推進機、共に始動を確認。加速を開始する！」

中型の民間宇宙船そっくりの外観を持つ覆面哨戒艦三〇七号が、推進機を輝かせて加速を開始した……そのころ。


小惑星β《ベータ》43679にある宿舎《ベースキャンプ》では、キキミミ一号から回収した汎用端末にダウンロードされていた配信動画のコメント数を見たナスリチカが、悲鳴を上げていた。

「このコメントを全部読むのは無理だわ……すごい反響」

「電子人格にコメント内容を選別させて、その中から読むコメントを探せばいいよ。下読みさせるんだ。数が多い相手に対応するスキルと、一対一で対応するスキルはまったく別物だ。適度に受け流すスキルを身につけずに、何千、何万という数の相手と向き合おうとするると、頭がパンクするぞ」

ヒロユキの言葉を聞いたウォルターが、したり顔でうなずいた。

「SNSとかで、何気ない投稿がいきなりバズってしまい、突然、見ず知らずの人から山のようにコメントが返ってきて、頭パニックになるのと同じデスネ」

「キキミミ一号に載せたのが、プレミアムアカウントを持った、ハイスペックのナスリチカの汎用端末だったというのも大きいな。おれやヒロユキのような一般人向けのアカウントとは、容量と転送速度が段違いだ」

「アカウントが凍結されていないかどうか心配だったのですが、無事に通信できたようでなによりです。わたし宛のメールメッセージも、受信数がすごいです……安否を明らかにしていませんでしたから、ずいぶん心配していたみたいで……家族や友人からだけじゃなくていろいろなところからいただいています。出版エージェントのかたから、〝手記を書かないか？〟とか、〝映像化権をくれ〟とか、そういうメッセージも来ていますね……わたしのメールアドレスを誰かから聞き出したのだと思いますけど……」

汎用端末に繋いだモニターを見て、困惑したような顔をするナスリチカを見て、ヒロユキが言った。

「関係ない人や企業からのメールメッセージは無視して構わないよ。スパムだと思えばいいんだ。でも、きみの家族に無事を伝えられてよかった。動画掲示板にアップロードした動画の中に、きみの姿とメッセージも入れておいて正解だったな。宇宙戦艦の偽装外殻の映像と、海賊姿のおれがメッセージを読み上げる映像だけだと、フェイク画像だと思われるかもしれないけど、きみの映像が入っていれば、間違いなく本物だとわかるから、その意味もあったんだけどね……」

ＡＩが選別したコメントを読んでいたウォルターが、首を振った。

「それでも、〝ニセモノだ〟〝フェイクだ〟と言っている連中が、コメント全体の十パーセントほどイマスね。それと、わたしたちの動画に対し、〝犯罪者が偉そうに〟とか〝海賊は人殺し〟みたいなコメントを合わせると、全体の四十パーセントが否定的デス。単におもしろがっているのが五十パーセント、残りの十パーセントが積極的な応援デスネ。否定的な人と、おもしろがっている野次馬が、ほとんど──ということデスネ」

ヒロユキはうなずいた。

「まあ、当然といえば当然の結果だな。もし、おれが地球にいて、こんな事件が起こったら、野次馬根性丸出しでおもしろがっていたはずだ。どんな事件も事故も、自分に直接関係ないかぎり、エンターテイメントみたいなものだからな。要するに、世間の大部分は無責任に盛り上がっているだけで、味方というわけではないし、敵でもない、ということだな」

「まさしくシェイクスピア言うところの、〝大衆は敵にまわすと恐ろしいが、味方につけると頼りない〝デスネ」

「それはシェイクスピアじゃねえ！」

「でも、当たってマスネ」

ヒロユキとウォルターのやり取りをよそに、汎用端末が持ち帰ってきたダウンロードデータを見ていた佐々木が、小さく声を上げた。

「ああ、わかった！　こいつだ！　おれたちのことを〝人殺し〟呼ばわりしていたり、全体に風当たりが激しいのは、このニュースのせいかもしれない」

「どのニュースだ？」

「この〈小惑星帯無法地帯で襲撃事件頻発。犯人は帝国の戦闘艦を利用か？〉というやつだ。カテゴリーは〈社会〉、区域は〈その他〉だ」

「ああ、そっちのほうか。かなりローカルなニュースだな……閲覧者数も少ないし……」

検索コードからたどり着いたヒロユキは、さっそくその動画を再生した。ニュースの内容は、ここ最近、小惑星帯の航路外で〝帝国の遺産〟を探している採掘者のベースキャンプや、自家用宇宙船が何者かに襲撃され、水や食料、宇宙船の推進機などの高額で売れる装備を強奪される事件が相次いでいる、というものだった。動画は、生存者の証言を、過去の参考画像とCGによる映像で再現したものだったが、特に〝帝国の遺産〟と思われる戦闘艦について掘り下げることもなく、ただ、〝こういう事件がありましたよ〟ということを伝えるだけの平板な作りで、閲覧者数が伸びないのも無理はない、というレベルのニュース動画だった。

「これはいけませんデスネ。この動画には、小惑星帯の無法地帯というシチュエーションが好きな人や、〝帝国の遺産〟に興味があって追いかけている人が見たがっている映像、知りたがっている情報、それがほとんどありマセン。きっとこの動画を作った人は、小惑星帯にも、〝帝国の遺産〟にも、こういったニュースを見ようとする人間が何を求めているのかということにも、興味がないのデショウ。よくある映像と、よくある演出で、よくある動画を作っただけデスネ」

ウォルターの言葉を聞いた佐々木は、苦笑いを浮かべて言った。

「いや、それはおれも同感だが、おれが言いたかったのは、動画の作り手の姿勢じゃなくて、この動画の中に出てきた〝帝国の遺産らしき戦闘艦〟というやつだ。こいつはどう見ても帝国の〝蒼き剣〟型の戦闘艦としか思えない。つまり、今、この小惑星帯には、おれたち以外にも帝国の戦闘艦を見つけたやつがいて、そいつらは本当の海賊行為を働いているということなんだ。おれたちのことを〝人殺しの海賊〟とののしっている連中は、小惑星帯の中で起こっているこの襲撃事件の犯人も、おれたちだと考えているんだと思う」

「そういえば、最後に、天山《テンシャン》3《・スリー》に買い出しに行ったとき、そんな噂を聞いたな……〝ちゃんと動く帝国の戦闘艦を見つけたやつがいる〟って噂……まあ、似たような噂がしょっちゅう流れているから、あまり気にもとめていなかったんだが……」

ヒロユキの言葉を聞いたウォルターが、眉をひそめた。

「オール・オア・ナッシング号を見つける前だったら、〝そんなのただの噂だよ〟と笑い飛ばしていたでショウネ。でも、いまは笑えまセンネ。おそらく、本当に見つけ出した連中がいたのデスヨ。その連中は、あまりたちがよくない連中デスネ」

「たちがよくない……というか、頭の中身がチンピラなんだろうな。ちゃんと飛べて、武器も使える状態の帝国の戦闘艦だとしたら、間違いなくその戦闘力はケタはずれだ。地球連邦軍の戦闘艦と勝負しても勝てるだろう。だからそいつらは、法律も何もない、強いものが支配する小惑星帯の航路外なら、天下を取れると考えているんだろう……でも、そんなのは長続きしない。小惑星帯ってのは新大陸なんかじゃない。酸素も水も食い物も全部持ちこまなくちゃ生きていけない場所だ。自給自足ができない世界で、他人から奪ったもので生活基盤を支えていくなんて生きかたが長続きするわけがない……先のことが考えられないってのが、チンピラ脳の共通項目だ」

「先のことを考えるためには、物事の因果関係を理解する程度の理解力と知識、そしてそれに裏づけされた想像力が必要デスネ。人生を決めるのは、このスキルがあるかないか、だと思いマスネ」

その時、今まで自分宛のメールメッセージを読んでいたナスリチカが、会話に加わった。

「地球の海賊も、背後に本国の目が届かない中南米の植民地や、敵対しあう国家の利害という存在があったから、いろいろなところから補給が受けられて成立していたのですね。あと、当時の海軍の水夫の扱いは過酷だということを誰もが知っていましたから、反乱を起こして海賊に身を投じた者たちに同情的な空気もあったのだと思います。息の詰まる、がんじがらめの管理社会からの逃亡者という概念に憧れる人がいるのは、いつの時代も変わらないということでしょう。そういう意味で、海賊は管理社会のアイドルであり、その存在意義は、今のわたしたちにも当てはまるのではないかと考えます」

「アイドル？　おれたちが？」

ナスリチカの言葉に目を丸くするヒロユキを見て、佐々木は笑いながら言った。

「いや、アイドルだろう？　おまえのファン、けっこういるぞ？」

「ファンというよりも、おもしろがっているだけだろう？　動画で芸人の真似ごとしているシロウトと変わんねえぞ？」

ナスリチカは、にっこり笑って首を振った。

「いいえ、動画配信している人がシロウトでも、その動画が多くの人々の関心を集めれば、その動画には価値が生まれます。価値は利益を生み、その利益が継続的になれば、それはれっきとした商業行為であり、もはやシロウトではありません。黄昏海賊団の動画は、今や全世界でもっともダウンロードされ、再生されているコンテンツなのです！」

そしてナスリチカは、ヒロユキの顔を真正面から見つめて言った。

「わたし、黄昏海賊団を会社組織にして経営しようと思うのですが、いかがでしょうか？」

「正気か？」

「普通、そういう時は、〝本気か？〟と聞くものでは？」

「いや、本気で聞かれたら、やっぱり、〝正気か？〟と聞き返すと思うぞ」

ナスリチカは真顔で答えた。

「わたしは正気で、なおかつ本気です。つまり、黄昏海賊団を劇団と位置づけ、海賊行為は、海賊を演じてみせる興行ということにするのです！　わたしは昔、〝プロレスのリングの上での殺人は罪にならない〟と聞いたことがあります。それと同じで、海賊行為も興行であれば罪にならないのです！」

「いや待て、その理屈はおかしい……」

ヒロユキが反論しようとしたその時、佐々木が口を挟んできた。

「いや、それ、おもしろいかもしれないぞ？　今ならそれができる勢いがある。それに、会社を立ち上げて、オール・オア・ナッシング号を会社の所有物にして業務に使っているという既成事実があれば、債権を持っている銀行との交渉で有利になる。なに、海賊騒ぎも、そう長くは続かない。人気がなくなったらさっさとやめて、オール・オア・ナッシング号と、例のスーパーゴム動力モーターを売って、その金で好きに暮らせばいい。ちゃんと先のことを考えたうえで、目先のノリに身を任せるってのもおもしろいと思うぞ」

「そうデスネ。シェイクスピアも言ってイマス――〝乗るっきゃない！　このビッグウェーブに！〟と……」

「シェイクスピアが聞いたら、助走つけて殴りに来るぞ」

「でも、勢いがあるのは事実デスネ。わたしたちは海賊じゃないのに海賊にされてしまいマシタ。いくら海賊じゃない、と言い張っても信じてもらえないかもしれマセン。だとしたら、〝おれたちは海賊だ！〟と言ってしまって、そのあとに、〝本物じゃないケドネ〟と付け足したほうが、信じてもらえるのではないでショウカ？」

「そりゃあ、今は勢いというか、なんというか、宇宙海賊が盛り上がっているのは事実だろうけど……ああ、もういい、わかった！　海賊やればいいんだろう、やれば！」

「はい。では、さっそく会社の約款《やっかん》を作って、登記します！　みなさんとの契約書も作らなくちゃいけませんね。雛型《ひながた》はもう作ってあるので、細部を手なおしして、すぐにお渡しします！」

　ナスリチカはそう言うと、嬉しそうに笑った。

　――どうなることやらわからないけど、何かを始めるってときに、辛気臭い顔をしていてもはじまらないし、なによりも、ナスリチカが嬉しそうならそれでもいいか……。

ヒロユキは、そんなことを考えながら、ふうと息を吐いた。それは、ため息というよりも、腹に気合を入れるための深呼吸に近いものだった。


次の日、ヒロユキたちが乗りこんだオール・オア・ナッシング号は、小惑星帯の中にある指定航路と、航路外区域との境界線上にいた。

「航路は広いんだろう？　本当にここに来るのか？」

佐々木は、三次元立体図をモニターに呼び出して言った。

「おれたちはここに待機していて、木星観光を終えて地球に戻るスターオーシャン号を待つ。発見したら、接近し並進して、そこでアトラクションを見せる。お代をいただく、という段取りだ。ナスリチカ、法的な裏づけは大丈夫なのか？」

「ええ。先ほど、わたしの汎用端末を通じて、会社を登記しました。〈黄昏海賊団株式会社〉——正式に設立です。スターオーシャン号を運行しているギャラクシー海運のＣＥＯにもメールを送ってあります。事後承諾になってしまいますが、なんとかなるでしょう」

「木星帰りの豪華客船、スターオーシャン号って、きみが乗っていた豪華客船だよな？」

ナスリチカはうなずいた。

「ええ、そうです。地球から火星に行き、火星で観光旅行をして、小惑星帯経由で木星まで行って、木星を衛星軌道から見て、衛星イオの観測基地を見学して、また火星に戻る、という木星ツアーの客が乗っています……わたしもその乗客の一人でしたから、船内の状況はよくわかります……宇宙船の長旅って飽きるんですよ。やることがないですから。無重力体験も、一、二回やれば充分ですし、木星に近づくまで見える景色は変わりませんし。だから、船内を盛り上げるために、乗客にコスプレさせて仮装パーティとかをやっているんです。まして、わたしたちが襲撃するのは、木星ツアーの帰りで、もう旅に飽き飽きしている乗客たちばかりです。宇宙海賊の襲撃という、空前絶後、前代未聞のサプライズ演出は、絶対に受けます！　乗客も、この動画を見た人にも！」

「そりゃあ、本物サイズの宇宙戦艦を使ったドッキリ映像なんて、制作費がかかりすぎてやれっこない。確かに空前絶後、前代未聞だろうな……」

ヒロユキがそう答えたとき、ウォルターの陽気な声がコントロールルームに響いた。

「ヨーホーヨーホー、おれの人生は海賊〜《Yo ho. yo ho. a pirate's life for me》！」

ディズニーランドのカリブの海賊のテーマを歌いながら現われたウォルターは、白と黒のボーダーのＴシャツに、裾を切った七分丈のズボン、腰にオレンジ色のサッシュを巻き、頭にも同じ色のバンダナを巻いて後ろで縛るという、どう見ても海賊の水夫の格好だった。体格のいい金髪のウォルターと、その格好は実に相性がよい。

「どうデスカ？　ちゃんと海賊に見えマスカ？　木戸サン……じゃなかった、キャプテン・キド！」

「安心しろ。先祖代々海賊やっている家に生まれた、由緒正しい海賊に見える」

ウォルターは、満更でもないという顔でうなずいた。

「確かに、わがウィルソン家は、遡《さかのぼ》れば海賊の一人や二人いてもおかしくはない長い歴史がありマス。先祖の名をはずかしめないように、がんばりマス」

「子孫が海賊になったと聞いたら先祖が喜びそうなのが、イギリス人らしいといえばらしいよな……」

佐々木はそうつぶやくと、オール・オア・ナッシング号に並行して飛んでいるキキミミ号から送られている、外部映像をモニターに表示させた。

「塗料代わりに使った、白い砂絵のドクロマークも、剝がれないでちゃんと見える……というか、少し剝がれて、輪郭がにじんでいるぶん、妙に迫力があるな。こうやって見ると、外殻の古さもあって、本当に海賊船みたいだな」

オール・オア・ナッシング号の船体外殻の側面には、巨大な白い頭蓋骨と、交差した骨の、いわゆる海賊旗《ジョリーロジャー》マークが描かれているが、これは佐々木が描いたものだ。とはいえ、白い塗料なんてものがあるわけがない。佐々木は、粘着性の高い油を溶剤で薄めて、海賊旗マークを描き、その上から、小惑星の表面に堆積していた微細な砂を振りかけたのだ。粘着性の高い油で描いた部分だけ白い砂が残り、残りは下に落ちて海賊旗が現われる、という寸法である。

しかし、塗料と違って付着した砂は微妙に濃淡があり、また輪郭もはっきりしない。それが一種の〝汚し《ウエザリング》〟のような効果を出したのだろう。

「さて、まわりの準備は整ったわ。あとはキャプテンの衣装ね。歩きまわると剝がれちゃうから、先にトイレに行っておいたほうがいいわ」

「歩くと剝がれ落ちるものは、衣装とは呼ばねえ！　そう思うんだけどな……」

「スターオーシャン号から譲ってもらう物資のリストの中に、衣装に使える布や服も書いておきましたから、首尾よく手に入れられれば、ちゃんとした衣装に作り変えます。だから、とりあえずは、それで我慢してください」

「とりあえず、つぎの衣装はガムテープで身体に貼らなくてもいいものを頼むぜ……」

ヒロユキは、ぶつくさ言いながら立ち上がった。

すべての準備を整えて待つヒロユキたちの前に、豪華旅客用宇宙船スターオーシャン号が現われたのは、それから数時間後のことだった。

光学センサーに捉えられたスターオーシャン号は、無数の光点が集まったシャンデリアのように見えた。太陽の光の弱い小惑星帯の中に浮かび上がる光の集団は、どこか異質で、非日常的だった。

「来たぞ。相変わらず派手にキラキラしている船だな……」

ヒロユキはそうつぶやくと、推進機の推力を上げるペダルを踏みこんだ。

小惑星の陰から、ぬうっと姿を現わした巨大な宇宙戦艦を見て、豪華旅客用宇宙船スターオーシャン号のブリッジは、大騒ぎになった。

「うわ！　また出やがった！」

「なんで、この船ばっかり狙うんだ！」

「見ろよ。今度はごていねいにジョリーロジャーが描いてある。少なくとも正体不明ということだけはなさそうだ。こいつらが動画で言っていた〝黄昏海賊団〟とか名乗ってた連中か？」

航海士がそう言ったとき、通信管理ＡＩのメッセージが流れた。

『黄昏海賊団を名乗る者より、画像通信が入っております。相手は船長との会話を要求しております』

船長は小さくうなずいた。

「わかった。通信を繋いでくれ」

『了解しました』

メインモニターに映し出されたのは、三角帽をかぶって、右目に黒い眼帯、胸に白いガイコツマークのついた合成皮革のダブルのジャンパーという、絵に描いたような海賊船長のコスチュームを身にまとった、三十代の東洋系の顔立ちの男と、ボーダー柄のシャツにオレンジのバンダナを頭に巻いた、これまた映画から抜け出してきたような海賊水夫の格好をした、金髪の男だった。

海賊船長の格好をした東洋人が、日本語で話し始めた。

『はじめまして、船長。わたしはこの海賊船オール・オア・ナッシング号の船長で、キド、と申すものです。キャプテン・キド、というシャレになってしまうことをお許し願いたい』

隣の海賊水夫が、流暢《りゅうちょう》なクイーンズ・イングリッシュで続けた。

『わたしは、キド船長の部下で、甲板長《ボースン》のウォルターと申します。AIの同時通訳は、時としてニュアンスが伝わらないことがありますので、わたしはその補完役です。以後、お見知りおきを』

ウォルターが一礼し終えると、ヒロユキが話し始めた。

『さて、挨拶が終わったところで、ビジネスの話に入りましょう。詳しいことは、わが黄昏海賊団の営業部長である、こちらのナスリチカ嬢とお話しください』

そう言って左右に別れたヒロユキとウォルターの後ろから、スーツ姿のナスリチカが進み出た。

ナスリチカは小さく会釈すると、ロシア語で話し始めた。

『お久しぶりです、ボウマン船長。わたしは、この黄昏海賊団の、法務、渉外、営業担当のナスリチカ・ナースリムと申します……そちらの船に乗っていた時は、お世話になりました。このたび、縁あってこちらの海賊団の一員となりましたので、以後よろしくお願いいたします。さて、われわれ黄昏海賊団が提供するのは、そちらの乗客のみなさまの無聊《ぶりょう》を慰めるエンターテイメントです。長旅に飽いたセレブなかたがたは、どんなに美酒美食を並べても満足しないでしょう。そもそも、地球上で何ひとつ不自由のない暮らしをしているかたがたが、何故《なにゆえ》に木星旅行を選んだのか。単に学術的な興味がある人などほとんどいらっしゃらないはず。その目的は、非日常な出来事を体験し、光景を目撃することで、平穏無事な、そして退屈な日常に、刺激を受けたいからにほかなりません。われわれは乗客のみなさまに、その刺激を与えることができます。〝帝国の遺産〟である巨大宇宙戦艦との遭遇と、海賊とのユーモアとウィットに富んだ会話――これは最高のエンターテイメントであり、乗客のみなさまに、確実な満足をお届けできると信じております。さて、提供するアトラクションの対価ですが、金銭は要求いたしません。こちらのリストにあるとおり、水と食料、多少の嗜好品と日用品――これをいただければ幸いです。いずれもギャラクシー海運の内部規定によれば、本社におうかがいを立てなくとも、船長の裁量で決済可能な金額に抑えられておりますので、ご安心ください』

黙ってナスリチカの言葉を聞いていた船長は、ニヤッと笑った。

「わが社の内部規定までご存じとはおそれいったな……で？　この申し出を断ったら、どうなるのかね？　そのご自慢の主砲で、われわれを吹き飛ばすのかね？」

　モニターの中のヒロユキは、首を振った。

『とんでもありません。海賊行為は問答無用で縛り首というご時世に、罪を重ねてどうします？　われわれは退散し、小惑星に潜むまでです』

　ナスリチカが言葉を続けた。

『この小惑星航路を通るツアー客を乗せた客船は、ギャラクシー海運の船だけではありません。ウエストコーストライン、光源運輸公司などの会社もございますから、そちらに話を持ちかけるだけのことでございます。現在、全世界で話題の動画コンテンツであるわれわれは、きっとほかの会社では高く評価していただけると考えております』

　スターオーシャン号の船長は、降参するように胸元で小さく両手のひらをあげた。

「同業他社にも営業をかけるというわけですか……承知しました。実を言うと、長距離宇宙旅行は退屈なものというイメージが強くなっており、そのイメージをなんとか払拭できないか、新しい企画を探っていたところでした。品物はこちらで用意させましょう……」

『では、〝商談成立〟ということですね。乗客のみなさんとコミュニケーションを取りたいので、船内放送の相互通話回線をこちらとリンクしてください』

「了解した」

『では、乗客のみなさんを、メインホールに集合させておいてください。リンクが繋がりしだい、こちらから乗客のみなさんにメッセージを送ります』

ナスリチカが一礼する映像を最後に、通信が切れた。

「船長、よろしいのですか？　勝手にそのような取引をしてしまって……」

とがめるような口調で言った航海士に、船長は首を振って見せた。

「なに、構わんよ。すべては船長であるこのわたしの責任であり、権限のうちだ。乗客と、この船の安全を確保することがわたしの責務だからな……船内放送のリンクを開いてくれ」

『了解しました』

通信支援AIの答えとともに、船内のすべてのモニターに、船長の顔が大写しになった。

『船長から、乗客のみなさまにお伝えします。すでにお気づきのかたもいらっしゃると思いますが、本船の左舷側に、海賊船が並走しております。ここ最近、動画コンテンツで有名になった〝黄昏海賊団〟と名乗る一団の船です。〝帝国の遺産〟の中にあった文献に登場する〝蒼き剣〟と称される戦闘艦と同一の形状をしており、あの船は、間違いなく帝国軍の宇宙戦艦であると思われます。彼らは、われわれに水と食料を要求し、それと引き換えに、乗客の安全を保証しました。無法者がする保証については、一抹《いちまつ》の不安はありますが、彼らを信じようと思います。彼らからのメッセージをお聞きください』

船長の姿が、海賊衣装のヒロユキに切り替わると、メインホールに集まっていた乗客のあいだにざわめきが広がった。

「動画で見たのと同じ人ね……」

「やっぱり東洋人なんだな……」

「けっこう若いな……」

ヒロユキは、乗客たちを見まわして言った。

『スターオーシャン号の乗客の諸君、わたしはこの海賊船オール・オア・ナッシング号の船長、キャプテン・キドである。諸君らも見てのとおり、このオール・オア・ナッシング号は、帝国の文献にあった伝説の戦闘艦〝蒼き剣〟と同型である。本船は、全長およそ三百五十メートルに達する超大型宇宙戦艦であり、六十センチ口径の超強力ビーム連装砲を前方に四基八門、後方に同じく四基八門を有し、それ以外にも近接防衛用の三連装レーザーパルス砲塔を艦体全周に四十二基備えており、その戦闘力は地球連邦宇宙軍が装備しているどの戦闘艦よりも上であり、事実上無敵と言ってもいいだろう。さて、諸君らに集まっていただいたのには、理由がある。わが黄昏海賊団は、発足して日が浅く、人手不足である。諸君らのような人生経験を積んだかたがたの中から志願者を募《つの》りたい……とはいえ、志願者が宇宙海賊という仕事に向いているかどうかわからない。そこでこれより、わがオール・オア・ナッシング号のウォルター甲板長が、きみたちの面接を行なう。質問には正直に答えるように。では甲板長、あとは頼んだ……』

『アイアイサー！　キャプテン！』

ウォルターは額にげんこつを当てるような敬礼をして答えると、画面中央に進み出た。

ヒロユキは、画面に見切れるように右にずれて、カメラの撮影範囲からはずれると、ガムテープで貼り付けてあった衣装を急いで脱いで、気密作業服に着替え始めた。

「さて、ウォルターが客いじりをしているあいだに、スターオーシャン号の射出したコンテナを回収しなくちゃならない……忙しいな」

「船外作業用の推進式プラットフォームが操縦できるのは、おまえしかいないんだから仕方ない。気をつけてな！」

「ウォルターのネタじゃないけど、マジで人手不足だな、おれたちは……」

ヒロユキがそう言って気密作業服のヘルメットを着用すると、一瞬、外の音が消え、すぐにインカムから、集音マイクが拾った音が耳に届き始めた。

『はい、海賊になりたい人は手をあげて！　あれ？　一人もいないの？　けっこういい仕事だとおもうんですけどねえ。はいはい、みなさん、目をそらさない、目をそらさない。人と話をする時は目を見てと教わらなかったですか？　はい、こっちを見て。そこの奥さん、そう、あなた、あなたですよ。さっきから熱い視線を送ってくれているあなた。どうですか？　なりませんか？　海賊ですよ。え？　襲撃するのは旦那さんのベッドだけでいい？　いやあ、お盛んですなあ。まだまだお若い。息子の家を襲撃して、嫁のアラ探しするより、ずーっと建設的ですな。ああ、そこの白髪のダンディな男性、いかがですか？　なりませんか？　海賊……え？　いやだ？　なぜですか？　海賊は自由ですよ。法律も、規則もありません。酒も飲み放題、食いたいものも食い放題。ちょっと多めにビール飲んだだけで、〝もうやめろ！〟とか、〝毎日酒ばっかり飲んで！〟とか、口うるさい奥さんのイヤミを聞かなくてもいい生活が待っているんですよ？　え？　それでも今の生活がいい？　さすがですね、この小市民！』

ウォルターの、乗客いじりの会話芸と、客の笑い声を聞きながら、ヒロユキは感心したようにつぶやいた。

『ウォルターにあんな特技があるなんて、知らなかったぜ……』

『以前テーマパークで働いていたときに、CGのキャラに声を当てて、あんなふうに客とのかけあいで笑わせるアトラクションをやってたらしいぞ』

『ああ、どうりで。シロウトじゃねえよ、あの話しかたは……』

ヒロユキと佐々木が、今まで知らなかったウォルターの特技に感心していたころ、スターオーシャン号の作業用デッキでは、エアロックから射出するコンテナの中身について、騒ぎが起こっていた。

『急げ！　何をやってるんだ！　まだ射出できないのか？』

甲板長が甲板員を叱責する声が作業用デッキに響く。

『要求リストにあった品物が、まだ全部そろっていないんです！』

『何が足りないんだ？　食料と水、ビール、衣類、日用品、リストにあった品物は全部そろっているはずだぞ？』

『それが……』

甲板員は一瞬言いよどんだあとで、言葉を続けた。

『食料や水、そういったたぐいのものは、すべてそろいました……ギネスビールも、ウォッカも、柿の種もマーマイトも全部あります。しかし、リストにあった、少女向け女性雑誌の最新号のダウンロードデータだけが、どうしても手に入らないのです！』

甲板員の報告を聞いた甲板長は、難しい顔になった。

『ううむ、そいつはちょっと無理かもしれんな……ブリッジ、聞こえますか？　海賊からの要求を満たすことができません。少女向け女性雑誌の最新号のデータは、抜きで送るしかありませんね……』

船長は、考えこんだ。

「ないものは仕方ないが……要求を満たさないと、〝約束が違う〟みたいなトラブルになるかもしれん。一応はビジネスを申し出ているが、その立場は無法地帯を根城にしている海賊だ。何をするかわからん不気味さがあるからな……」

船長が、深刻な顔で、そう答えた時、脇にいた航海士が、おずおずと手をあげた。

「あのう……それ、わたしが持っています。プライベートでダウンロードしたものですが……」

船長は目を見開いた。

「おおそうか！　持っているのか！　よかった。すぐにそれをデータメディアにダウンロードして、デッキに持っていってくれ！」

「は、はい……」

イケメンの航海士は恥ずかしそうにうなずくと、ブリッジを出ていった。

それを見送った同僚のたちはおたがいの顔を見合わせて、視線で言葉を交わした。

——あいつ、そういう趣味があったのか。

——人は見かけによらないというか、なんというか。

——当分、この件で噂されるんだろうな……かわいそうに……。


こうして、ヒロユキたちが要求した品物がすべて詰まったコンテナが射出された。作業用推進式プラットフォームを操縦したヒロユキが無事に受け取って、オール・オア・ナッシング号の後方にある格納庫に運びこんだ。

格納庫の中に大気が充満するのを待ってから、ヒロユキは気密作業服のままドアを開け、コントロールルームに駆けこんだ。

気密作業服を脱ぎ始めるのと同時に、ナスリチカが駆け寄って、海賊船長のコスチュームを身体に貼り付け始めた。

「キャプテン・キドになって、〝物資を受け取った〟というメッセージを送らなくちゃならない。急いでくれ！」

「わかってる！　テープがはみ出ているけど、少しだけだから見えないと思う。はい、眼帯を忘れないで！」

「あ、いけね、忘れるところだった……」

ナスリチカから受け取った眼帯を左目にかけたヒロユキは、船長席に飛びこむようにすわると、即座に通信画面を起動した。

メインモニターに、スターオーシャン号の船長が映るのと同時に、ヒロユキは言った。

「約束の品は受け取った……感謝する」

モニターの中の船長は、ホッとしたような表情を浮かべて答えた。

『こちらこそ、礼を言わせてほしい。乗客の盛り上がりはすごいものだった。今までの航海で、乗客のあれほど喜んだ顔は見たことがない。戦艦の動画を録《と》るために、左舷の展望室は超満員だ。海賊団のコンテンツは最高だった』

「こちらも、喜んでもらえてほっとした。では、われわれは連邦宇宙軍のパトロールに遭遇する前に航路外に脱出する。貴船の航海の無事を祈る！」

ヒロユキはそう言うと敬礼した。

船長は答礼したあとで、ニヤッと笑って言った。

『先ほどと、眼帯が逆ですな……お気をつけて』

「え？　あ、いけね、ホントだ……すみません、ありがとうございます。以後、気をつけます」

思わず素に戻ってしまったヒロユキは、そう言って頭を下げて、通信を切った。

通信を終えたスターオーシャン号の船長は、笑いながら、ブリッジにいた部下に言った。

「どうにも、こう、憎めんな、あいつらは……」

「やっていることは海賊ですけどね」

「いや、サービス提供の対価だとしたら、それは商取引だ。ナスリチカ嬢の入れ知恵かもしれんが。これが商売だとしたら、おもしろい商売を考えついたものだ……多分に危険性はあるがね」

9　蒼き剣と蒼き竹光

「いやあ、大成功デシタ！　働いたあとのギネスは最高デスネ！　できることなら、グラスに注いで泡を楽しみたいのデスガ、贅沢は言いマセン」

「なんだよ、もうコンテナ開けて、ビール飲んじまったのか。ベースキャンプに戻ってから、ゆっくり飲めばいいのに……」

呆れ顔のヒロユキに、ウォルターは手に持ったギネススタウトの缶を掲げて答えた。

「ビールは、海賊にもっともふさわしいお酒デスヨ。ベンジャミン・フランクリンはこう言ってイマス――〝In wine there is wisdom, in beer there is Freedom, in water there is bacteria（ワインの中には知恵がある。ビールの中には自由がある。水の中にはバクテリアがいる）〟トネ……自由を愛する海賊がビールを飲むのは摂理デスヨ」

「今のは、本当にベンジャミン・フランクリンの言葉みたいだな……時々本物の名言を混ぜこむから、ややこしくて仕方ねえ」

「まあ、ウォルターは最大の功労者だから、真っ先に缶ビールを飲むくらいの特典は与えてしかるべきだな」

佐々木の言葉に、ヒロユキはうなずいた。

「確かにそうだ。ウォルターの芸がなけりゃ、乗客を楽しませることができなかった。宇宙戦艦と海賊衣装を着ているおれだけじゃ、場を繋げない……というか、おれは宇宙船の操縦ができる、という理由で船長やっているだけで、船長はおれじゃなくてもいいんじゃないのか？　おれは海賊船長の衣装着て、ここにすわって、台本読んでるだけだぞ？」

佐々木は首を振った。

「いや、それは違うな。おまえは気がついていなかったかもしれないが、最初にスターオーシャン号の乗客に、このオール・オア・ナッシング号の架空のスペックを解説したときの、おまえの声と表情には、それを信じている人間でなければ出せない真実味があった。あれは愛だな、愛。この船を一番愛している人間が船長をやることには、なんの不思議もない。そうだろう？」

「そりゃあ……まあ、そう言われると、そうかもしれないな……この船は海賊船だけど、偽装宇宙戦艦でもあるわけで、宇宙戦艦の艦長になるのは、中学生のころからの夢だったんだ……そう考えるとおれは、今、夢をかなえているということだものな」

ヒロユキの言葉を聞いたウォルターが、笑いながら答えた。

「この船は、海賊船で、宇宙戦艦で、輸送船デスネ。同じ船でも、見る人がどう見るかで名前も概念も変わりマスネ。逆を言うナラバ、他人からどう見えるかを計算して行動すれば、他人の印象をコントロールできる、ということデスネ。本当の、ありのままの自分を見せるなんてのは、子供でも動物でもできマスネ。本当に頭のイイ人、世の中をうまく生き抜いていく人は、他人の目からどう見えるか、自分の言動を客観視できて、他人の印象をうまく利用できる人デスネ。わたしのヨウナ」

「何かいいこと言っているなあと思ったけど、最後で台なしだ！」

ヒロユキのツッコミに、ナスリチカが笑って答えた。

「でも今の言葉で、ウォルターさんがあれだけ芸達者なのが、納得できました。海賊を演じるときに、見ている人の脳内に、海賊の物語を作ろうとしていたのですね」

「〝物語を作る〟って、どういう意味だ？」

いまひとつ飲みこめない、という顔をするヒロユキに、ナスリチカは言葉を選ぶようにゆっくりと答えた。

「わたしたちは、海賊じゃないわ。海賊を演じているだけ。でも、わたしたちの海賊は、ぬいぐるみの海賊船長が出てくる海賊ショーじゃない。見ている人に、もしも本物の海賊と出会ったら……というリアルな物語を与えているのだと思うのです。現実と物語の境界線があいまいでなければ味わうことのできない緊張感を乗客に与えることが、わたしたちにしかできないエンターテイメントだと思うのです」

ヒロユキはうなずいた。

「そうか、お化け屋敷とかもそうだよな。出てくるお化けは本物じゃなくても、客が感じる恐怖や驚きは本物だ。だからこそ、客はそれを体験しに行くわけだものな」

「そういうことです。そしてウォルターの、あのお客さんとのかけあいは、本物の海賊にしか見えないオール・オア・ナッシング号との出会い、というシチュエーションを、物語にするために必要なのよ。あれがなければ、本物の海賊と誤解されても仕方ない状況だったわ。ウォルターには感謝ね」

ナスリチカの言葉を聞いたウォルターは、新しいギネスの缶を顔の前で振って見せた。

「もうひと缶、開けてもいいデスカ？」

「ああ、わかった、わかった。もらった食料の中にあるギネスは、全部おまえにやるよ」

「さすがキャプテンは太っ腹デスネ。あっしは船長についていきやすぜ、サー」

ウォルターは、にこにこ笑って敬礼した。

「さて、じゃあ、戦利品のチェックとか、今後の商売の進めかたとか、相談しなくちゃならないし、さっさと帰ろう。加速を開始するから、シートにすわってくれ。慣性制御装置があるとはいえ、身体にかかるGはゼロになるわけじゃないからな」

「ほい、了解っと」「了解デスネ」「わかったわ」

三人がシートにすわって、ベルトを着用したのを確認してから、ヒロユキはいつもと同じように、推進機のスロットルバルブに直結したペダルを踏みこんだ。

次の瞬間、オール・オア・ナッシング号は、背中を蹴飛ばされたような速度で加速した。

「おわっと！」「オウ！」「きゃあ！」

コンソールの上に置いてあった、コーヒーマグや汎用端末、そしてギネスの缶、ダクトテープの固定が甘かったモニターなどが、部屋の後方に吹っ飛んで転がり、ガッシャンバタン、カラカラ、という音がコントロールルームに響き渡った。

ヒロユキはあわてて推進機のペダルを足から離した。加速が中断され、慣性制御装置の効力が追いついてきたのだろう、身体にかかっていたGが、すうっとおさまっていく。

「おい！　ヒロユキ！」「なんて加速をするんデスカ！」「びっくりしました！」

口々に責める三人に、ヒロユキは慌てて答えた。

「おれもこんなに加速するなんて思っていなかったんだ！　いつもと同じ程度に加速ペダルを踏んだら、とんでもねえ出力を出しやがった……」

そこまで言ってから、ヒロユキは理由に思い当たった。

「……もしかしたら、推進剤が違うせいかもしれない」

「推進剤？」

「ああ、今までは飲料水と同じ軽水を使っていたんだが、さっきスターオーシャン号からもらった推進剤の重水を、オール・オア・ナッシング号の推進剤のタンクに入れたんだ。

バルブまでのパイプの中に残ってた軽水が重水に切り替わって、推進機が百パーセントの出力を出したんだと思う」

「すごい加速デシタ。もしかしたら、このオール・オア・ナッシング号の推進機の性能は、とんでもないレベルなのではないデスカ？」

コンソールの上から吹っ飛んだキーボードと、タッチパネルを拾ってきた佐々木が、入力しながら言った。

「ちょっと待ってろ。今、加速度センサーが読み取った数値と、オール・オア・ナッシング号の総質量をもとにして、推進機の推定推進力を弾き出す……」

モニターに映った数字を見た佐々木は目を細め、顔をモニターに近づけて、数字を確認したあと、少し呆れたように言った。

「ちょっと信じられない数値が出ている……このオール・オア・ナッシング号の推進機の出力は、いま使われている汎用型の推進機の中で、もっとも程度のいいもののおよそ八倍だ。推定加速能力は、現在もっとも速いと言われている連邦宇宙軍の駆逐艦、ヘブンズ・ウィング号の三倍以上だ。おそらく、この太陽系で、もっとも速い宇宙船だろうな……」

「すげえな……帝国の技術ってのは。それにしても、今まで見つかってきた推進機と、どうしてこんなに差があるんだろう？　基本的な原理は同じだろう？」

佐々木は腕を組んで、考えこむような表情で答えた。

「これは推察だが、今までに見つかった推進機は全部小型で、推進機といろいろな装置が一体化されたユニットエンジンで、いわばボートに取り付ける船外機だ。だが、このオール・オア・ナッシング号に装備されているのは、船体にビルドインされている本格的なものだ。大きさも、推進力の方向を変える方法も違う。設計思想が違うんだと思う……」

　ヒロユキは、小さくうなずいた。

「そうか……そういえば、この船は本来、コンテナを山のように装着して輸送する輸送船だったわけだ。物資が満載されたコンテナを装着した場合の総質量は、かなりのものになる。重くかさばるものを満載して航行することを基準にして設計された推進機だから、出力も桁違い、ということか……」

「太陽系最速というコトハ、連邦軍に追われても逃げ切ることがデキル、ということデスネ。本物の海賊がやれマスネ」

「やる気はねえぞ」

　そう言ってにらんだヒロユキを見て、ウォルターは笑いながら顔の前で手を振った。

「冗談デスヨ。わたしだってアズサさんと幸せな生活が待っている未来があるのデスカラ、いまここで未来を投げ捨てるようなことはシマセン。しばらく黄昏海賊団《トワイライト・パイレーツ》を続けマスヨ。既成事実を積み上げて、ポピュラーになって、本物の海賊じゃないということが周知されて、正々堂々と地球に帰れるときマデネ。今の状態は、まだちょっと〝曖昧《トワイライト》〟ですカラネ」

「おれたちが乗っているこのオール・オア・ナッシング号と同じ型の帝国の戦闘艦で航路外を荒らしまわってる連中が捕まれば、嫌疑は晴れるんだろうけど、あいつらは航路外から出てこないみたいだしな……」

佐々木が、そう言ったその時、コントロールルームの中に、渋い男の声が聞こえた。

『ナスリチカお嬢さま、救難信号が入っております』

それは、ナスリチカの汎用端末にインストールされた電子人格、ギャルソンの声だった。

「あ、いけない。通信管理AIに任せっぱなしだった！」

慌てて止めようとしたナスリチカを制してヒロユキが言った。

「ギャルソン！　救難信号の発信地点がわかるか？　発信個別コードから発信者を割り出してくれ！」

『かしこまりました。発信座標と、個別コードによる発信者のデータを表示します』

その表示を見たヒロユキは叫んだ。

「救難信号を発信してるのは、パシフィック・オーバーラインの豪華客船ソル・クイーン号だぞ！　発信地点は航路内だ！　佐々木！　救難信号発信地点座標までの航路を計算してくれ！」

「どうする気だ？」

怪訝《けげん》な顔で聞いてきた佐々木に、ヒロユキは真面目な顔で答えた。

「どうするもこうするも、助けに行くつもりだが？」

「航路内なら、それは連邦宇宙軍の仕事だ。おれたちは関係ない」

「そうデスョ。今のわたしたちは、半分お尋ね者デスネ。のこのこと、連邦宇宙軍の来そうなトコロに出ていく理由はアリマセン」

ナスリチカもうなずいた。

「やはり、リスクは最小限に抑えるべきかと……」

ヒロユキは、しばらく黙っていたが、やがて小さくうなずいた。

「わかった。救助は、連邦宇宙軍に任せるほうがいいかもしれないな……」

「そうデスョ。プロがいるんですから、わたしたちアマチュアの出番なんかアリマセン」

「ああ、そうだな……」

ヒロユキはそのまま黙った。

そして、三十分ほど過ぎたとき。電子人格のギャルソンの声がした。

『共通緊急周波数でソル・クイーン号からの、救援を求める音声メッセージを受信しました。リアルタイムですが、タイムラグはおよそ二分です』

「流してくれ、状況が知りたい」

『かしこまりました』

ギャルソンの返事と同時に、切迫した男の声が聞こえてきた。

『メーデー、メーデー、メーデー！　こちらは、パシフィック・オーバーライン所属客船ソル・クイーン号、正体不明の武装艦に攻撃を受ける！　推進機をすべて損傷、航行不能！　乗客乗員数は二百十六名、気密隔壁内に収容中！　繰り返す。メーデー、メーデー、メーデー！　こちらソル・クイーン号、救援を求む！』

　音声を聞いたヒロユキは驚いた。

「正体不明の武装艦に攻撃を受けただと？　マジものの海賊じゃないか！　それも航路内だぞ！　こいつはどえらい騒ぎになる！　死者が出たら、地球連邦軍は面目丸つぶれだ。本気で潰しにかかるぞ！」

　佐々木が冷静に返した。

「連邦宇宙軍に潰しにかかられても、潰されないという自信があるのかもしれないぞ？」

「……この襲撃は、例の連中かもしれないデスネ……帝国の戦闘艦を手に入れて、航路外を荒らしていた連中デス。航路外で宝探し《トレジャーハンター》の連中を襲っているだけでは飽き足らなくなってきたのかもしれマセン」

「自分が手に入れた戦闘艦の実力を試したい……というわけか。ピストルを手に入れたチンピラが、人を撃ちたがるようなメンタリティだな……」

　そう言って眉をひそめたヒロユキを見て、佐々木が言った。

「人のことは言えないが、一攫千金《いっかくせんきん》を求めて、はるばるこんな小惑星帯《アステロイドベルト》まで来るような連中だ。先のことなんか考えずに、太く短く生きようと心に決めていてもおかしくはない」

「これで当局が取り締まりを強化したら、わたしたちのビジネスもお終いですね……やっと、自分が一番好きなもので仕事を始められて、父や母や姉とかに自慢できると思っていたのですけど……」

ナスリチカが、悔しそうにつぶやいたとき、通信機の音声に、救難を求めるソル・クイーン号に応答する声が流れた。

『こちらは地球連邦宇宙軍所属、駆逐艦ヘブンズ・ウィング号。シーロンス・メーデーを宣言する。以後この周波数は救難関係通信に限られる！　現在そちらの位置座標に向かって、最大戦速で急行中。接触予定時刻は七時間後。ソル・クイーン号、そちらの状況を報告せよ！』

返答が来たのは二分後だった。

『こちらソル・クイーン号。救援を感謝する。正体不明の戦闘艦は、外見は、帝国の文献にある〝青き剣〟に酷似している。不明艦は、無警告でパルス状の光線兵器を発射し、本船の後部推進機を破壊したあと、現在も本船の周囲を遊弋《ゆうよく》中。こちらから何度も呼びかけているが、相手からの要求等はいっさいない。なお、本船の乗客は、ジュニアハイスクールの生徒と引率の教師である。救援、急がれたし！』

連邦宇宙軍の駆逐艦ヘブンズ・ウィング号は、ヒロユキたちの近くにいるのだろう、応答は早かった。

『こちらヘブンズ・ウィング号、了解した。最善を尽くす』

通話を聞いていたヒロユキがつぶやいた。

「ジュニアハイスクールの生徒ってことは……中学生か。修学旅行の途中なんだろうな……襲撃した連中は、そのことを知っていたのかな？」

「SNSとかで知っていたのかもしれないし、まったくの偶然かもしれない。どっちにしろ、やつらは格好の人質を手に入れている、ということだな……」

ナスリチカが心配そうに聞いた。

「連邦宇宙軍の駆逐艦は、勝てるのでしょうか？」

「難しいデスネ」

ウォルターが首を振った。

「帝国の〝蒼き剣〟型戦闘艦は、全長百メートルほどの艦体に、二十センチ口径のプロトンビーム砲の連装砲塔八基十六門と、二十ミリ口径の三連装レーザー銃座十八基を搭載している、きわめて重武装の戦闘艦デスネ。太陽系には五百隻ほどが配備されていたようデスガ、おそらくアレは、そのうちの一隻デショウ。プロトンビームというのが、どんな原理でどの程度の威力があるのかわかりマセンが、おそらく地球上のどんな材質でも破壊できるパワーがあると思われマス。いかに最新鋭の宇宙駆逐艦といえども、正面から撃ち合えば、まず勝ち目はありマセン」

「それに、中学生の乗っているソル・クイーン号を盾にされたら、ヘブンズ・ウィング号は撃てないからな……どう考えても分が悪い。一方的に撃たれて沈む可能性が高い」

ヒロユキは、つぶやくように言った。

「連邦宇宙軍の連中だって、そんなことはわかっているさ。百も承知だ。でも、行くんだよ、あいつらは。行かなくちゃならないんだ。それが仕事なんだよ……」

無線通信はしばらく無言だった。だが、三十分ほど過ぎたとき。通信機から声が流れた。

『こちら、宇宙船ダニー・ボーイ号。収容可能人数は十名程度。航路外より救助に向かう。到着所要時間、およそ七時間三十分』

『こちらヘブンズ・ウィング号。応援を感謝する。だが、本件は通常の遭難事案ではない。武装した宇宙船との戦闘が予想される。非武装の宇宙船は不用意に近づくことなく、周辺で状況の推移を見守ってもらいたい』

やがて、別の通信が入ってきた。

『こちら宇宙船レッド・ドワーフ号。収容可能人数は二十五名。気密服の予備は二十七着。航路エリア外から救援に向かう。所要時間およそ八時間』

『こちら宇宙船シュイアン・ツー号。収容可能人数は七名。航路外より向かう。所要時間は十時間』

その後も、続々と応援のメッセージが続いた。驚くべきことは、そのほとんどが航路外にいたトレジャーハンターたちだった。

ナスリチカが、小声でつぶやくように言った。

「助けに行くんですね……航路外にいるトレジャーハンターなのに……」

「航路外の自己責任の世界にいるからこそ、助けにいくのかもしれないな……」

「どういう意味ですか？」

「自己責任ってのは、〝すべての責任は自分にある〟、〝何があっても責任を外部に求めない〟という覚悟のことだ。〝自己責任だから助けを求めちゃいけない〟とか、〝自己責任だから助けに行っちゃいけない〟とか、〝見捨ててもいいんだ〟とか、そんな意味はないんだ。あいつらは、誰に言われたわけでもないし、誰かに義務を負わされたわけでもない。自分が助けたいから助けに行くんだ。助けを求める人がいれば、〝自分の責任において助けに行く〟——それが、本当の自己責任なんだ……」

コントロールルームの中に、静寂が訪れた。そして、誰もが黙りこんだまま、三十分近い時間が過ぎたとき、ついにヒロユキが口を開いた。

「……戻っていいか？」

佐々木が聞いた。

「戻るって……航路内にか？」

「ああ……」

　ウォルターが聞いた。

「戻ってどうシマス？」

「助けに行く」

　ナスリチカが聞いた。

「助けに行くって……この船、なんの武装もないんですよね？」

「でも、見た目は戦艦だ。やつらよりでかい。大きさが武器だ」

　もう一度、佐々木が聞いた。

「作戦は？」

「ない」

　もう一度ウォルターが聞いた。

「生きて帰れる見込みはありマスカ？」

「ない」

　ナスリチカが、とがめるような目つきで聞いた。

「それって無謀ですよね？」

「そのとおり」

ヒロユキは、そう言ってうなずいたあとで、静かに答えた。

「おまえらの言いたいことはわかってる。ここで引き返すのは馬鹿だ。もっとリスクを負わない生きかたを選ぶべきだ。せっかくうまくいきそうなのに、それを全部捨てるなんて、愚か者だ……でもよ、なんとかできそうな手段が自分の手の中にあるのに、ここでそれを使わなかったら、それで中学生とかに犠牲者が出たら、おれは後悔するんじゃないかと思うんだ。これから先ずっと、〝仕方がなかったんだ、おれは正しいことをしたんだ〟そう自分に言い聞かせて生きていかなくちゃならない、そんな気がするんだ。そして……一番怖いのは、そんな自分を正当化するために、今、ソル・クイーン号を助けに向かっているような連中を、あいつらは自己犠牲に酔っている馬鹿だと冷笑するような人間に……おれが一番きらいな連中と同じ種類の人間になっちまうことなんだ……」

ヒロユキはそこで言葉を切ると、コントロールルームの後ろにあるドアを指さした。

「後部の格納庫に救命艇がある。主推進機ははずしてあるけど、姿勢制御と方向転換用の補助推進機はついているし、遭難信号を発信するトランスポンダーを起動させれば、信号が出て、すぐに救助が来る。おまえらはそれに乗ってくれ。航路の中に入ったら、救命艇を射出する」

佐々木は、大きくため息をついた。

「はあ……愚か者だよなあ。ほんとに愚かだ。んでもって馬鹿だ……もう、これ以上ないってくらい、力いっぱい馬鹿だ……でもよ、そういう愚かで馬鹿なヤツがいるから、世の中ってのはまわってるし、捨てたもんじゃないと思えるのかもしれないな……仕方ねえ、付き合ってやるよ。おれとおまえ、愚か者と馬鹿で、世の中をまわそうぜ」

ウォルターが、笑った。

「二人で盛り上がっているところ、誠に申しわけないのデスガ……わたしもお供しますデスヨ。さっき言ったデショウ、〝あっしは船長についていきやすぜ、サー〟とネ」

ヒロユキは、ナスリチカに向きなおった。

「というわけで、きみは救命艇に乗ってくれ。おれたちの馬鹿な行動に、きみが付き合う理由はない。それに、きみが生き残っておれたちのことを誰かに言わなけりゃ、おれたちは、ずっと海賊のままだ。そして、もし万が一生き残っていたら、またおれたちを雇ってくれよ」

「あの……でも……わたし……」

ナスリチカは一生懸命言葉を探すように、ヒロユキたちの顔を見まわした。

「また海賊団の続き、やろうな。今度はもう少しマシな衣装着てさ……」

「テーマ曲とかも作りたいな。最初に襲撃する船にメッセージを伝える前に流して、盛り上げるんだ……」

「中学生とかも旅行に来るのなら、もう少し若い子向けな客いじりのネタ、仕込んでおきマスネ」

「わかりました……待ってます。きっと帰ってきてください！」

微笑む三人の顔を見まわしたナスリチカは、やっとのことでそう答えると、その場で両手で顔を覆って泣き始めた。

「泣くなよ……なんだかおれたちがひどいことしたみたいじゃないか……さあ、部屋に行って急いで荷物をまとめて、格納庫に行くんだ」

ヒロユキはそう言うと、ウォルターに向きなおった。

「おれはオール・オア・ナッシング号をUターンさせて、航路に向かう。悪いが、ナスリチカに気密服を着用させて、救命艇に乗せてやってくれ」

「わかりマシタ！」

ウォルターは、敬礼した。

コントロールルームを出ていくナスリチカとウォルターを見送ったヒロユキは、航法装置にソル・クイーン号の位置座標までの最短距離を入力して、シートベルトを確認したあと、インカムでウォルターに告げた。

「方向変換をしたあとで、最大加速を出す。ナスリチカが気密服に着替えて、救命艇に乗って、シートにすわったら教えてくれ」

『了解デスネ』

インカムからウォルターの声が返ってきたのを確認してから、ヒロユキはコントロールスティックを大きく右に倒した。

慣性制御装置が働いていても、オール・オア・ナッシング号の船体のモーメントが大きく変わるのが、身体でわかる。

「百八十度回頭、完了！　軌道入力、終了！」

モニターに表示されているデータを読み上げたあとで、佐々木が言った。

「この航法データだと、目的地まで約六時間と出ているが、もう少し早く行けるんじゃないか？」

「さっき、あんなタンカ切っといてなんだが、さすがに真っ先に飛びこんでいけるだけの度胸はない。最初に連邦軍に行ってもらって、おれたちはその後ろから突っこむ。相手の不意をつくくらいしか、作戦がない」

「向こうは〝蒼き剣〟。こっちは〝蒼き竹光〟だものな……」

「竹光だって、ふりまわしていれば、そんなことわかりゃしない。相手がビビって逃げ出してくれれば大成功さ」

ヒロユキが、そう答えたとき、インカムを通じてウォルターの声が聞こえた。

『ナスリチカは気密服を着て、救命艇に乗りましたデスヨ。シートにすわってベルトも着用しました。加速準備完了デスネ』

「おまえは大丈夫か？」

『格納庫から出て、そっちに戻ってイマス。もうちょっと待ってクダサイ』

その言葉と同時に、コントロールルームのドアが開いて、ウォルターが飛びこんできた。

そのまま自分のシートにすわってシートベルトを着用するのを見届けたあとで、ヒロユキはインカムに向かって叫んだ。

「総員、加速に備えよ！　加速開始！」

そして、推進機のスロットルペダルを、ぐん！と踏みこんだ。床を伝わって聞こえてきた推進機の唸りが大きくなるのと同時に、オール・オア・ナッシング号は、いっきに加速を開始した。

そいつは勝ち誇っているかのように、目の前をゆっくりと横切っていく。そいつの向こうには、まっぷたつになった連邦宇宙軍の駆逐艦、ヘブンズ・ウィング号……だったものが、無数の破片《デブリ》の中に漂っている。

豪華客船ソル・クイーン号のブリッジで、その光景を見ていた航海士は、忌々しげにつぶやいた。

「くそ……あいつら逃げたと思ったのに……」

隣に立っていた船長はつぶやくように言った。

「逃げたのではない。やつらは待っていたのだ。ヘブンズ・ウィング号が救助のために本船に接近する時を……われわれの目の前で、連邦宇宙軍の最新鋭駆逐艦を破壊して見せるために……あいつらの火砲は、ヘブンズ・ウィング号を遥か彼方から射撃して破壊することもできた。だが、それでは自分たちの力が伝わらない、そう考えたのだ……いや、もしかしたら、われわれに恐怖と絶望を与えるために、ここまで待っていたのかもしれん。救援の船を待ちわびていた遭難者の目の前で、救援船が沈むのを見せつけられた遭難者に訪れる絶望と恐怖は計り知れないからな……」

「もし、船長が言うような理由なら、あいつは間違いなくサディストですね。それも最上級の……」

「自己顕示欲が強いやつなら、われわれは助かるかもしれん……自分たちの強さを他者に伝えるための生存者が必要だからな。だが、反社会性が高いサディストだとしたら……われわれは助からん……そいつは、弱いもの、非力なもの、女性や子供、社会的常識で庇護しなくてはいけないと言われている相手を、虐待し殺す反社会的な行為に喜びを見出すやつだ」

通信士が聞いた。

「どうしますか？　救難信号を発信し続けますか？」

「やってくれ、無駄かもしれん……あいつはわれわれが救難信号を出して、それを聞いてやってくる救難船を待ち伏せているのかもしれん。だが、一縷《いちる》の望みでもあれば、それにすがるのだ。乗客を……あの子供たちが助かる望みがあるのならば……」

「わかりました……」

通信士は、小さくうなずくと、インカムのマイクを切り替えた。

『メーデー、メーデー、メーデー！　こちらは、パシフィック・オーバーライン所属客船ソル・クイーン号。正体不明の武装艦に攻撃を受け、航行不能！　乗客乗員数は二百十六名、気密隔壁内に収容中！　救援の連邦宇宙軍駆逐艦ヘブンズ・ウィング号は、救難作業中に不明艦の攻撃を受け、撃沈された！　不明艦は本船の周囲を遊弋中！　誰か助けてくれ！　本船には、十三歳から十四歳の子供たちが二百人乗船している！　不明艦の乗員に伝える。この通信を傍受しているのなら、頼む、この子たちだけでも助けてくれ！　きみたちの強さはわかった。きみたちは無敵だ。連邦軍の最新鋭駆逐艦でさえ、きみたちにはかなわなかった！　われわれが証人だ。どうかこれ以上の犠牲を出すのはやめてくれ！答えてくれ！　頼む！』

通信士は呼びかけを終えると、ソル・クイーン号のブリッジに静寂が訪れた。誰もが黙りこんだまま、正体不明の武装艦からの応答を待ち続けた。

だが、通信機は、沈黙を続けたままだった。

「くそ……だんまりを決めこむつもりか……いったい、何を考えていやがるんだ、あいつらは……」

航海士が忌々しげにつぶやくのと、ソル・クイーン号のまわりをゆっくり旋回していた武装艦が、砲塔をこちらにまわすのは同時だった。

「まさか……撃つつもりか？」

「今の通信で、満足したのかもしれん。われわれが媚《こ》びへつらい、命乞いをするのを待っていたのだ……命乞いする弱き者を、踏みつけ、額に銃を突きつけて引き金を引くことが、あいつらにとって無上の楽しみなのだ……子供たちは気密服を着用しているな？」

「はい、全員着用ずみです……」

航海士の答えを聞いて、船長は目をつぶった。

「気密服さえ着用していれば、たとえ隔壁が破壊されても、即死は免れる……神よ、救いたまえ……」

その言葉が終わったその時、通信機から声が流れた。

『こちら黄昏海賊団所属、オール・オア・ナッシング号！　助けに来たぞ！　さあかかってこい！　チンピラ野郎！　本物の宇宙戦艦が相手だ！』

「なんだ？　今のは！」

ソル・クイーン号のブリッジにいた乗組員たちが顔を見合わせる中で、視線を光学センサーのモニターに合わせていた航海士が叫んだ。

「見ろ！　もう一隻来たぞ！　武装艦だ！」

モニターには、ものすごい速さで迫ってくる〝蒼き剣〟型の戦闘艦の姿が映し出されていた。正体不明の武装艦もその姿を認めたのだろう、慌てて艦体を動かし、ソル・クイーン号に向けていた砲塔を、迫ってくる同型艦に向け、発砲した。

ストロボのような閃光と共に青白い光の棒が伸びて、迫ってくる同型艦に突き刺さる。だが、まったく効果がない。一発、二発、三発。武装艦が発射した主砲のビームは、迫ってくる同型艦の前部にあるブリッジに命中した。だが、そのようすに変わりはない。

「当たったはずだ……あいつには無効なのか？」

「それよりも……あいつ、でかくないか？　こう、ひとまわりもふたまわりも……」

地球連邦宇宙軍の新鋭駆逐艦を一撃で葬ったはずの主砲の効果がまったくないことに焦ったのだろう、武装艦は方向を変え始めた。

オール・オア・ナッシング号のコントロールルームでは、ヒロユキが叫んでいた。

「いくら主砲をぶちこんでも、むだむだむだだぁ！　すっぽ抜けるだけだ！　中身はがらんどうだからな！」

「とはいえ、大穴が開いてるけどな……」

「宇宙空間は海と違って水が入ってくるわけじゃねえから、沈まねえ！　気密もされてねえから、大気が抜ける心配もない！　これぞ無敵戦艦！」

「この部屋に一発くらったら、終わりですケドネ」

「それはもとより覚悟の上！　行くぞ！　しっかりつかまってろ！　宇宙戦艦最大の武器、質量兵器をくらわすぞ！」

「カッコつけてないで、体当たりと言えよ」

ヒロユキは、ニヤッと笑って、答えた。

「いいじゃんか、最後にカッコぐらいつけさせろ！　おれたちは〝蒼き竹光〟なんかじゃねえ！　〝蒼き丸太ん棒〟だ！」

「イマイチ垢抜けないデスネ……」

「ま、そんなもんだな……でもよ、楽しかったぞ、ヒロユキ」

「わたしもデスヨ」

そう言って、握りこぶしに親指を立てて右手を突き出した二人に、ヒロユキも、右手を握り、親指を立てて突き出した。

オール・オア・ナッシング号は、いっさいの減速をかけることなく、まっすぐに武装艦へと突っこんでいった。武装艦は加速して回避しようとしたが、ヒロユキはその回避コースを読んでいたかのように、微調整をかけ、武装艦の中心部めがけて突き進んだ。

衝突は、あっというまだった。オール・オア・ナッシング号は、小型の武装艦にのしかかるようにぶち当たり、高質量外殻の中に、小型の武装艦を飲みこむように覆い尽くした。

速度による物理エネルギーを持った高質量の外殻ブロックは、さながらサメの歯のように小型艦の外殻を嚙み砕き、変形させ、押しつぶした。破壊された船体からは、ガスや破片や、霧状になった推進剤や、さまざまなものが煙のように吹き出し、二隻を包みこんだ。

武装艦の主砲にエネルギーを供給していた装置がどんな原理だったのか、それはわからないが、その装置は爆発も溶融も起こすことなく機能を停止した。

オール・オア・ナッシング号と、正体不明の武装艦は、巨大な残骸となって絡み合ったまま、ものすごい速度で、漂流するソル・クイーン号の傍らを通り過ぎていってしまった。

「なんだったんだ？　今のは……」

呆然と見送った通信士に、船長が言った。

「考えるのはあとだ！　危機は去った！　救援要請を続けるんだ！」

「りょ、了解しました！」

通信士はインカムを通じて、緊急周波数で呼びかけ始めた。

『メーデー、メーデー、メーデー！　こちらは、パシフィック・オーバーライン所属客船ソル・クイーン号。正体不明の武装艦に攻撃を受け、航行不能！　乗客乗員数は二百十六名、気密隔壁内に収容中！　本船、及び連邦宇宙軍駆逐艦ヘブンズ・ウィング号を攻撃した武装艦は、黄昏海賊団を名乗る不明船によって、無力化された！　繰り返す！　武装艦は無力化された！　至急、救援を乞う！　繰り返す！　メーデー、メーデー、メーデー！

こちらは、パシフィック・オーバーライン所属客船ソル・クイーン号。武装艦は排除された！　本船の周辺は安全と思料《しりょう》される！　救援を乞う！』

その通信が流れるのと同時に、通信チャンネルに歓声が響き渡った。

『こちら、宇宙船ダニー・ボーイ号。ただちに救助に向かう。到着所要時間およそ三十分！』

『こちら宇宙船レッド・ドワーフ号。収容可能人数は二十五名。気密服の予備は二十七着。近辺にて待機中。これより救援に向かう。所要時間およそ二十分！　やったな！』

『こちら宇宙船シュイアン・ツー号。収容可能人数は七名。こちらも周辺にて待機中。所要時間は四十分……黄昏海賊団が武装艦をやったのか？　すげえな……』

続々と入電する、救援船の通信を聞きながら、船長は大きくため息をついた。

「助かったな……」

「ええ……それよりも、突っこんできてくれた、あの連中はどうなったんでしょうか？」

航海士の言葉に、船長は大きくうなずいた。

「ああ、彼らはわれわれと子供たちを命がけで救ってくれた命の恩人だ……彼らも救出されることを望もう……」

遠距離光学センサーのモニターに、標識灯のストロボの点滅がいくつも見え始めていた。

それは接近してくる救援の宇宙船のストロボだった。

終章

月面のティコ・クレーターの内部に作られた人工都市、ゴダードシティの中心部には、市庁舎や連邦宇宙軍の本部、宇宙開発庁の本庁舎など、地球外の司法と行政を司る機関が置かれ、地球外で発生した事件や事故は、すべてここで処理されることになっている。

その官庁街の一角にある地球連邦宇宙軍の憲兵隊司令部の中にある留置場の面会室に、ビジネススーツに身を包んだナスリチカが立っていた。

彼女が面会室に入って二分ほど過ぎたとき、透明な樹脂の壁に隔てられた部屋のドアが開き、四人用のグレイのスウェットふうの高機能インナーを着たヒロユキが、憲兵とともに入ってきた。

透明な壁の向こうに、ナスリチカの姿を認めたのだろう、ヒロユキはにっこり笑った。

「やあ、ナスリチカ。元気か？」

ナスリチカは透明な樹脂製の壁に駆け寄ると、手のひらを壁に当てた。

「元気よ！　あなたはどう？　拷問とかされていない？　大丈夫？」

ヒロユキは苦笑いを浮かべて答えた。

「そんなことないよ。第一、おれを拷問して何を吐かせるって言うんだ？　おれは別にスパイでもなんでもないぞ？」

「そりゃあそうだけど、こういうところって、拷問とかがつきものじゃない！」

「それは偏見だよ……それはそうと、佐々木やウォルターは元気か？　一人ずつ独房に入れられているから、逮捕されたあと、一度も顔を合わせていないんだ」

「ええ、二人とも元気よ。あのオール・オア・ナッシング号のコントロールルームの内壁が、破壊されるくらいの衝撃を受けると、エアバッグみたいに膨らんで中にいる人間を衝撃から守る構造になっていたなんて、知らなかったわ」

「まあな。あれがなければ、おれはいまごろこんなふうにきみと話なんかできなかっただろうな。運がよかった」

「あなたたちがやっつけた本物の海賊連中も、運がよかったのかもね。あいつらの裁判は、あなたたちの裁判が終わってからはじまるらしいわ。まあ、極刑は間違いないわね……」

ナスリチカは、そこまで言ったあとで、何か思わせぶりな表情で、ヒロユキを見て聞いた。

「わたしとこうやって話せて嬉しい？　正直に答えて」

「え？　ああ、もちろん嬉しいよ。正直も何も、嘘をつく理由なんかないぞ？　変なやつだなあ……」

「あなたは気にしないでいいの。これはわたしの問題だから……」

ナスリチカはにっこり笑ってそう答えると、少しまじめな表情になった。

「一昨日、あなたの会社の社長と、あなたの会社の債権を持っている銀行と、三者で話をしてきたわ。結果から言うと、会社と社長個人の債務をわたしの会社で肩がわりする代わりに、オール・オア・ナッシング号と小惑星β《ベータ》436779上で発見された〝帝国の遺産〟に関する権利を、先方はわたしの会社に譲渡することになりました」

「あの因業ジジイがそんなに簡単に権利を手放すわけない！　本当か？」

驚くヒロユキに、ナスリチカはにっこり笑って答えた。

「はい。あなたがたが小惑星上に存在していることを債権者に通知せず、口座が凍結された状態で放置し、行方をくらますことで死の危険にさらしたことについて、損害賠償訴訟を起こす用意があることを告げますと、快く権利の譲渡に応じてくれました」

「〝債務がなくなるだけでも感謝しろ、欲をかくんじゃねえ！〟ということをオブラートに包んで伝えた、ということか……」

「実際の交渉では、あまりオブラートに包んでいませんでしたけどね……それと、銀行との交渉は、社長の債務を代わりに支払うことで決着をつけました。銀行側は発見した〝帝国の遺産〟に対する権利を主張してきましたが、小惑星上における〝帝国の遺産〟を採掘する業務に出資するどころか、その歳費の入っている口座を凍結し、業務を妨害しておきながら、その権利を主張できる理由をご教示願えますか？　それとも、社員を死の危険にさらしたことに対する損害賠償を、社長の代わりに行なっていただけますか？　と聞いたら、主張を引っこめて、本件は実に円満に解決しました」

にこにこ笑っているナスリチカの顔を見ながら、ヒロユキは思った。

——おそらく、おれの考えている〝円満〟という単語の概念と、今の会話の中に出てくる〝円満〟という言葉の概念は、大きく違うんだろうな……どう違うかは聞かないほうが身のためのような気がする。

ナスリチカの言葉は続いていた。

「銀行に対する債務の支払いですが、小惑星β43679上で発見された、あのスーパーゴム動力モーターが〝帝国の遺産〟として正式に認証され、連邦政府認証コードが付けられました。現在入札が行なわれていますが、完全無動力で、いっさいの排熱も排ガスも出さない一種の永久機関です。しかも、そのトルクはほぼ無限大という化物のようなシロモノで、大気圏内でも使用できるため、たとえば発電プラントの動力源に使えば、そのコストはかぎりなく低くなります。ですから、おそらくはかなりの額で落札される見通しですよ。その金額は、現在の銀行への債務額などとは桁違いになると思われます。なので、銀行への債務はいっさい問題になりません」

「オール・オア・ナッシング号はどうだ？　かなりひどく損傷していたし、あのまま博物館行きだろうな……」

ナスリチカは少しさみしそうな顔になった。

「はい、かなり損傷しています。しかし、連邦宇宙軍の研究施設で調べた結果、損傷は外殻部分で止まっており、内部の輸送船として機能する基幹部分、特に推進機に関しては充分使用可能である、という報告が届いています。この推進機を含む残骸を、連邦政府の宇宙開発庁が買い取りたいという申し入れが来ていますが、回答は保留にしてあります……それを決めるのはわたしではありませんからね」

ヒロユキは怪訝《けげん》な顔になった。

「え？　おれが決めるのかい？」

「当たり前じゃないですか！　船長はあなたですよ、キャプテン・キド！　あなたはどうしたいのですか？　オール・オア・ナッシング号の残骸を、売却しますか？」

ヒロユキは考えこんだ。

——残骸を抱えこんでも、使いみちがない。おそらく、今のあの船の経済的価値は、無事に動く推進機の分くらいしかないはずだ。ここは、連邦政府の買い取りの話に乗ったほうがいいのだろうか……いや、そんなことはない。宇宙は、地上とは違う。推進機が動けば、どんなものでも飛べる。だとしたら、推進機まわりだけ活かして、別の宇宙船を作ってしまえばいい……。

ヒロユキは顔を上げた。

「ナスリチカ、きみは、黄昏海賊団《トワイライト・パイレーツ》を、まだ続けたいと思ってるのかい？」

「当然よ！　あれはわたしの会社なんだから！」

目を輝かせてうなずいたナスリチカを見て、ヒロユキは腹を決めた。

「よし、わかった。ならば、オール・オア・ナッシング号の残骸は売らない。あれを再生しよう。推進機が生きていればなんとかなる！　中に普通の宇宙船を入れて、壊れちまった外殻を作りなおすんだ、FRPでも、板金でもなんでも使って、もう一度宇宙戦艦を作りなおして、それで黄昏海賊団を再興するんだ！　金はある……そうだろう？」

「そうよ！　そうだよね！　あなたなら、きっとそう言うと思ってた！　大好きよ！　キャプテン・キド！」

上気した顔で、ぴょんぴょん飛び跳ねるナスリチカを見て、ヒロユキは肩をすくめた。

「……まあ、それもこれも、明日の裁判で無罪になれば……の話だけどな……刑務所送りになったら、それも夢物語だな」

ヒロユキの表情を見たナスリチカは、自信ありげに微笑んで見せた。

「安心して。絶対に無罪にしてみせるわ！　それがわたしの仕事です！」

裁判は次の日の午前十時から始まった。

裁判所のまわりには、世界じゅうのマスコミとネットニュースの記者が集まって、海賊裁判の結果が出るのを待ち構えていた。ヒロユキたちがやってのけた事実が知らされたとき、世界じゅうでさまざまな議論が巻き起こった。ヒロユキたちの行為を英雄的だと称賛するもの。海賊は海賊であり、許すべきではないとするもの。連邦政府の管理の不備を書き立てて、政権の交代を叫ぶもの。さまざまな人々が、さまざまな思惑で発言し、世間は大騒ぎとなった。

だが、中心人物であるヒロユキたちが収監され、マスコミにさらされなかったことで、一時期よりは沈静化していたが、公判が開かれるということで、騒ぎは再燃していた。

裁判は、検察側の罪状の読み上げから始まった。ヒロユキたちの罪名は〈海賊行為等の処罰に関する法律〉違反であり、この法律では、〝海賊行為を為《な》したるものは、死刑、無期、もしくは二十年以上の有期懲役〟とされており、罰金刑や、執行猶予刑は付帯していない。つまり、有罪となれば、最低でも二十年は刑務所暮らしである。

検察側は、ヒロユキたちの行為をひとつひとつあげて、それがいかに反社会的な行為であるかを主張した。

そして、休憩を挟んで、弁護側の主張が始まった。

ナスリチカが雇ったのは、腕利きと評判の弁護士で、〝黒を白にすることはできないが、真っ黒に白を混ぜこんで灰色にすることができる〟ということから、〝ミスター・グレイ〟というあだ名がつけられた男だった。

ミスター・グレイは、陪審員の前に立つと、弁護を始めた。

「わたくしは、この裁判自体が成立していないと考えます。なぜなら、被告を海賊とすること自体に無理があるからです！　かれらのどこが海賊ですか？　そもそも海賊とはなんですか？　船舶を襲撃し、脅迫し、不正に金品を強奪する行為です。しかし、今回の事案は、誰も被害にあっておりません。被害者がいないのです！　犯罪事実の中に、〝被告は、旅客用宇宙船スターオーシャン号に対し、火砲を向けて金品を要求し〟……とありますが、ここにまず瑕疵《かし》があります。彼らは金を一銭も要求しておりません。要求したのは食べ物と飲料水、いわば生きるために必要な物資です。遭難状態にあった彼らにとって、それを要求することは当然のことであり、また遭難者に対しそれらを提供することは、当然の行為であります。遭難し、漂流し、飢えと乾きにさいなまれ、生死の境界をさまよっているものが、食料と水を要求する行為が、〝不法であり、海賊行為だ〟とする検察官の主張は、著しく認識を欠いていると言わざるをえません！

そして、罪状の次の部分〝多くの乗客に恐怖を与え〟とありますが、これは何を根拠に言っているのでしょうか？　乗客は恐怖になど陥っておりません。逆です。退屈な船旅にアクセントを与えるアトラクションとして、非常に喜んでおりました。乗客からの証言を多数用意してありますので、あとでご確認願います。

さて、罪状の次の部分に〝会社の安全に対する脅威を与えた〟とありますが、これも逆です。もし〝会社の安全に対する脅威を与えた〟のであるならば、当然、乗船客数は減るはずです。しかし、この資料を見れば一目瞭然、客は逆に増えているのです！　おもしろいアトラクションが用意されている、という評判が客を呼び、スターオーシャン号の木星ツアーには、キャンセル待ちの客が三百人以上出ているのが現実です。これのどこが脅威なのでしょう？　まあ、混んでいて乗れないという評判は、脅威と言えば脅威かもしれませんが……」

弁護士がそこで言葉を切ると、傍聴席から小さな笑いが漏れた。

「そして、わたくしがもっとも主張したいのは、彼らが最後に取った勇敢な行為です。彼らは最後に何をしたのか。彼らは、ソル・クイーン号の発した救難信号を受信し、救援に向かいました。そこに、連邦宇宙軍の駆逐艦、ヘブンズ・ウィング号がいることを知りつつ、です。

自分たちが海賊として誤認捕縛される可能性のあることを覚悟の上で、彼らは向かいました。そして連邦宇宙軍の駆逐艦に攻撃を加えて撃沈した無法者に対し、敢然と立ち向かったのです！　ソル・クイーン号に乗っていた二百名の少年少女の命を救うために！　彼らの乗っていた海賊船オール・オア・ナッシング号には、武器は搭載されていませんでした。見た目は戦艦ですが、ただのデコイ、ハリボテだったのです。レーザーピストル一丁すら積んでいない、ドンガラの丸腰の船で、彼らは完全武装の無法者に立ち向かったのです！　徒手空拳《としゅくうけん》で、死を恐れずただ一直線に突き進み、体当たりによって無法者を叩きのめしたのです！

これのどこが犯罪なのですか？　もし、彼らのこの行為が罪にあたるというのなら、犯罪だと断じるのなら、この世界のすべての献身的なボランティアを犯罪者と呼び、逮捕し、獄中に繋がねばなりません！　検察官！　あなたが言っているのはそういうことなのです！　わたくしは、ここに無罪を主張し、反対の弁論を終わらせていただきます。陪審員の皆様は、己《おのれ》の正義に恥じることのない評決をお願いいたします！」

傍聴席から小さな拍手が湧いたが、すぐに制止された。

そして、陪審員の評決が出た。

裁判官は、ゆっくりと判決を読み上げた。

「被告人を無罪とする！」

その瞬間、裁判所の中と外で、わあっという大歓声が湧き上がった。ナスリチカは傍聴席の柵を飛び越えて、被告席に立っていたヒロユキに抱きついた。

「キャプテン・キド！　海賊旗《ジョリーロジャー》はいつでも掲げられるわ。準備オーケイよ！」

ナスリチカは、そのままヒロユキにキスをした。

目を見開いて固まったヒロユキは、このときの自分の間抜け顔がビッグニュースとして全世界に配信され、その年を象徴する映像として、未来永劫記録され続けることになるとは気づいてもいなかった。

そしてそのころ、小惑星帯にある連邦宇宙軍の研究施設のバンカーに繋留されている、破壊されたオール・オア・ナッシング号のコントロールルームの壁面に、コインほどのサイズの小さな光が点滅し、今まで人類が聞いたことのない言語による、呼びかけるような声が流れ始めていた。

それは、破壊されたオール・オア・ナッシング号のどこかに備えつけられていた超空間通信機から発信された救難信号が、銀河の彼方に届いた証拠だった。

著者略歴　1958年静岡県生，作家
著書『〈蒼橋〉義勇軍、出撃！』『宇宙軍士官学校』（早川書房刊）『時空のクロス・ロード』『アウトニア王国奮戦記』『ご主人様は山猫姫』他多数

HM=Hayakawa Mystery
SF=Science Fiction
JA=Japanese Author
NV=Novel
NF=Nonfiction
FT=Fantasy

再就職先《さいしゆうしよくさき》は宇宙海賊《うちゆうかいぞく》

〈JA1324〉

二〇一八年三月　二十日　印刷
二〇一八年三月二十五日　発行
（定価はカバーに表示してあります）

著者　鷹《たか》見《み》一《かず》幸《ゆき》
発行者　早川　浩
印刷者　矢部真太郎
発行所　株式会社　早川書房
郵便番号　一〇一－〇〇四六
東京都千代田区神田多町二ノ二
電話　〇三－三二五二－三一一一（大代表）
振替　〇〇一六〇－三－四七七九九
http://www.hayakawa-online.co.jp

乱丁・落丁本は小社制作部宛お送り下さい。
送料小社負担にてお取りかえいたします。

印刷・三松堂株式会社　製本・株式会社川島製本所

ISBN978-4-15-031324-1 C0193

本書は活字が大きく読みやすい〈トールサイズ〉です。